わが家の愛情レシピ
――ハッピーママの子育て＆自分育て

えんどう えみこ

日本教文社

はしがき

「今度わが社の『理想世界』誌でヤングミセス向けのページを作ろうと思うので、描《か》いてみませんか?」

日本教文社の「理想世界」誌編集長、田原康邦さん(当時)から、突然そんなお電話をいただいたのは、一九九五年三月のことでした。

その頃、私は夫の転勤先の名古屋で、一歳の子どもの子育てに追われながら暮らしていました。生長の家の「理想世界」誌は以前から母が送ってくれていて、「良いことが書いてあるなぁ」と思っていました。でも、まさか、そこに作品を描かせていただくことになるなんて、夢にも思っていませんでした。

「内容はお任せしますので、好きなように考えてみてください」「どひゃ〜! 好きなように、ですかぁ?」出産・子育てですっかり緩んだ頭をフル回転して考え、八コママンガとエッセイを提案させていただき、連載はスタートしました。

「一年くらいやってみましょうか」というお話で始めた連載が、気づけば五年にわたり、十二年後の現在も「理想世界」誌に「ハッピーミセスの雑記帳」として皆様にお読みいただいております。

本当にありがとうございます。

連載を始める際に、リクエストされたことは、「明るく前向きにハッピーに」。それだけでした。以来、素直な（笑）私は念仏のように「明るく前向きに、ハッピーハッピー♪」と心で唱えながら、毎日の生活を送るようになりました。私自身がいつも幸せを心に描いていれば、きっとハッピーな作品が描けるのではないかと思ったからです。

読者の方が読んだ後に「ニコッ」としてくださる作品ができるといいな♪

そんなふうに思いながら、子育ての不安も、嫁姑問題も、災難や悲しみに思えることも、感謝感謝！　の方向に心を向けることにしました。

そうしたら、です。数年後の私、いつのまにか、どこを切ってもハッピーしか出てこないくらい、ハッピーに満たされていました。抱《いだ》いていた夢もみんな叶っていました。私は、この作品のおかげで幸せになれたのかもしれません。いえ、本当はいつもそばにあった、たくさんの幸せに気づくことができたのかもしれません。

連載を続ける中で、多くの方のご協力と励ましをいただきました。「生長の家青年会ヤングミセスの集い」の皆様、お手紙をくださいました読者の皆様、友人、家族、そのほか、これまで私と出会ってくださったすべての方に、心より感謝申し上げます。

また本の出版にあたり、お力を尽くしてくださいました、日本教文社第二編集部部長の田口正明氏をはじめ、編集部の皆様、そして今、読んでくださっているあなたにも、出会えた幸せに感謝をこめて、御礼申し上げます。

これからも、みんなで幸せを描き続けていきましょう♪

えんどう えみこ

二〇〇七年八月

わが家の愛情レシピ——ハッピーママの子育て&自分育て　目次

わが家の愛情レシピ

――ハッピーママの子育て＆自分育て

1

ダイヤモンドより輝いている？　子育てはとってもハッピー♪

はじめまして…
えんどうえみこ31才
家族は会社員の夫と1才の娘
名古屋市内の3DK賃貸マンションに暮らす平凡な主婦

突然だが、結婚十周年である。

「僕たちも十年の年月を一緒に過ごしてきたんだね」

なぁんて、グラスを傾けながら、しっとりとした会話が似合いそうな節目の年、スィートテン・ダイヤモンドなのである。

が。わがエンドウ家は今、非常に手のかかる一歳児をかかえてのドタバタ状態。しっとりはしっとりでもオムツしっとりウンチべっとり……ってカンジかしらん。

あ、汚くてスミマセン。育児中って感覚がマヒしちゃうのよね。この手のモノに。

ウチのダンナ様
ダンナ様は私を
ちゃわんむし
と呼ぶ
妙なニックネームだけど
おいしそうだから
気に入っているのダ
はぁい
しかし…
ちゃわんむし
人混みで
呼ばれると
ハズカシイ

ひとり娘のマヨは、結婚九年目にしてやっと授かったお宝。

なんだけど、やっぱりはじめての育児は、わからないことだらけ。時には、

「うひゃ～、なんとかしてくれいっ！」

などと悲鳴をあげながら、悪戦苦闘の日々を送っているのだ。

でもね、この幸せ、今まで味わったどんな幸せより、中身が濃くて、ぎゅうぎゅう詰めなんだよ。

ふかふかあったかくて、何ともいえずかわいい（容姿は別としてとにかくかわいい）産まれたばかりの生命を胸に抱きつつ、「オォ、こういう

あ、あんまりデカい声で呼ばないでよ
なんで？

うちのムスメ
ムスメのマヨは最近
なあとぉ
と呼ぶ
好物（なっとう）ごはんをくれる人とでも思ってるのかな？
おいしー
そのうちかあちゃんと呼んでね
なあとぉ
かあちゃん

生活は非常に楽しいぞ、幸せだぞ！」

と実感しながら、今暮らしているのだ。

私の周りにはステキなミセスがたくさんいる。子どもをいっぱい引き連れて、毎日元気に飛びまわっている人もいる。

前向きにいろんなことに挑戦している人ってステキだよね。子育てや家事だって、これほど奥が深くて素晴らしいことはないと思う。

そして十周年の節目に、両親やお世話になったたくさんの方々、そして誰よりもダンナ様に、深く深～く感謝しながら、平凡でぐうたら主婦の私は、きっと幸せな日々を、これからつづっていくことになるのだ。

前に聞いたことがある。結婚って、魂の半身という、もうひとりの自分に、出会えた喜びからはじまっている、と。
その喜びをず〜っと忘れないでいたいな。
そして、子どもを授かり育てる幸せを、かみしめた今日の日のことも——。

2

不思議なことだけど、あの日、私の中で何かが変ったのだ

ある日の、帰り道
ナゼか私はひじょーに
ウキウキとしていた

いい歳になったら結婚して、家庭といえば夫婦がいて子どもがいて、それが当たり前だという考えが、世間一般にはあるようだ。

でも本当はいろんな人がいて、いろんな家庭がある。私はそれでいいと思う。

みんなそれぞれの人生を一所懸命《いっしょけんめい》生きているんだと思うから。

「お子さんはまだ？」

この言葉、どのくらいいわれたことか。いう方に悪気はなくても、「ああ、またか」という気分になる。

まぁ、その後ひとり産んでからは、「次のお子さんは？」

に、変わるだけなんだけどね。まだ人のいうことが気になる二十代のころには、結構うっとうしかったものだ。

不妊に悩むミセスは意外と多い。彼女たちはいつ授かるかわからない子どものために会社勤めもせず、かといって近所の子連れ主婦たちの輪にも、今ひとつ入り込めない中途半端な生活を送ることが多い。

強く望む人ほど、病院通いに追われてますます孤独に陥ってしまう現実がある。

こんな高度文明社会でも、「生命」は誰にも作れないんだもんなぁ。

私の不妊は、心の中にも原因があったと思う。私は、あまり自分が好きではなかった。自分をきちんと受

け入れられないまま、自分の分身である子どもを産むことは、恐怖でさえあった。

子どもを産んでみたい、という思いはあったが、恐怖心は想像以上に強かったのだろうか。いつのまにか結婚してから八年が経ってしまった。

毎日の生活に不満はなかったし、このままでもいいような気がしていた。でも、何だか大事なことをし忘れているような、そんな気もしていた。

そんなある日、私は、あるヤングミセスの集まりに誘われた。その日は子連れの方が多く、会場はとてもにぎやか、みんな楽しそう。

普段は子どものいる人と、自分はどこか違う世界に生きている感じがしていたのだが、その日はちょっと違った。その場に足を踏み入れた瞬間、ほんわか柔らかい空気が私を包んだのを感じた。

みんなニコニコして幸せそうだった。「子育てって、結婚生活ってステキだよ。今がこのま
ま幸せだよ」って、そんな話をしてくれた。
「子どもを授かって、本当に幸せだよ」という包み込むような笑顔を見て、私はなぜかその日
とても感動した。
そして、「私も子どもを産んで育てたなら、こんな
優しい笑顔の女性になれるのかな……」
と素直に思ってしまった。子どものことを除けば、
私は十分恵まれていた。幸せだった。もっと感謝しな
くちゃと思った。
帰り道、私は妙にウキウキしていた。なんの根拠も
ないのだけど、何かが変わる気がしていた。きっと子
どもを授かるんだと思っていた。
今思うと、なんでそう思ったのかわからない。う～
ん、生命は神秘だ……。

それからまもなくこの夫婦は
ホントに子どもを
授かってしまったのである
ほんまかいなー♫
HAPPY
あの思い込みは何だったんだろう?

3

二百八十日の期間限定体験。マタニティライフは、幸せでいっぱい

いよいよ臨月となり、出産は秒読みである
陣痛が7〜8分位の間隔になったら来て下さいね
はいっ♡

妊娠って、女性だけが味わえるステキな期間限定体験よね。

この時期の幸せって何か特別。だって二つの生命、いや三つ四つの人もいるけど、それが同じ身体《からだ》の中で一緒に生きているんだもの。

当たり前のことだけど、実はコレってすごいと思いません？　生まれてくる赤ちゃん、家族の未来……たくさんの幸せを想像しながら過ごす、二百八十日。

今妊娠中の方、子育て中の方、皆さんが心に描いたのは、どんな幸せですか？

私の妊娠期間は、極上幸福マタニ

ティライフだった。妊娠前はどうも虚弱体質かしら……というような人間が、カゼひとつひかない元気さ。食べ物がおいしくて、おまけに何をやっても、運がいい。ホルモンのせい？　赤ちゃんのしわざ？　などと首をかしげつつも、会う人会う人なんだかいい人ばかりで。ああ、あたしって幸せ。こんなに満たされた幸せってはじめてよぉ。そんな感じで過ぎていった。

数年前、転勤で移り住んだ名古屋には親類も知人もいなかった。

出産の時は実家に里帰りする人も多いが、私たちは、夫婦二人で乗りきろうと

予定日3日後
トイレをキレイにすると美人が生まれると聞いた
せっせ せっせ
1週間後
もうそうじするところがなくなった—
まだ生まれない—

いうことになった。

しかし、核家族の家庭で育ち、友だちも少ない長男長女夫婦の私たち、出産・育児は全く未知の世界。赤ちゃん抱いたことないんだもんね、という恐ろしいほどの無知だったのだ、コレが。

しかし、この世はホントうまくできている。不思議と周りの人たちが、足りないことをあれこれ教えてくれた。

産着《うぶぎ》さえ、何をそろえていいのかわからない私の元へ、マタニティウェアからベビーベッドまで、「お古だけど使ってくれる?」なんてたくさんの方が山のように届けてくれた。

「何かあったらすぐ電話して。いつでも車を出してあげるからね」

そういってくれた方もいた。

嬉しかった。モノをいただけたからじゃない。深切《しんせつ》にしたって、ちっとも得にならない他人のことを、こんなに多くの人が気にかけてくれたことに感激した。

人間って優しいんだなぁ。私も子どもも守られているんだなぁ……。何の不安もなかった。

10日後
そろそろ出てってやろうかしらん
世界の平和を祈る気持ちになったりして……♥

はじめての出産も子育ても。

子どもを授かるという素晴らしいできごとともに、この多くの方々の優しさに触れた体験が、私を素直にしてくれた気がした。

この先、いろんなことがあってメゲそうになっても、この期間に味わった極上の幸せが、私をきっと力づけてくれるだろう。

4

お産が痛いなんて誰が決めたの？　これからは「快楽出産」で行こうヨ！

陣痛が始まったら
シャワーをあびたり
軽い食事をして
間隔が規則正しく
※8分位になるまで
ゆっくり待ちましょう
※病院までの距離その他にもよります
はじめてのお産
とうとう陣痛がきたらしい

産婦人科の母親教室でのできごとである。隣りの二十歳くらいの妊婦さんがいった。

「すみません。私、陣痛イヤだから、帝王切開にしてもらえませんか？」

オオッ？　助産師さんも周りの私たちも、一瞬ひきつってしまった。しかし、本人は大まじめ。真剣に怖がっているのだ。

そういえば、ドラマなんかで見る出産シーンはすごい。あんなに、ぎゃあぎゃあ苦しまないと、子どもって産めないんじゃないかと思ってしまう。

いや、実際すごい声をあげる人、います。確かに。

そもそも「陣痛」という言葉に「痛」なんて字が入っているのもいけないと思うんだけどなぁ。言葉や映像の与える影響って実に大きいものだ……。

しかし私の周りの出産体験者は、ちと違う。出産は気持ちいい、とまでいう「快楽出産」派もたくさんいるのだ。

初産《ういざん》だというのに、分娩室に入って五分で産まれてしまった人や、

「赤ちゃんが身体《からだ》の中を出てくる感じ、すごく気持ちがいいんだよぉ」

なんてことをいうベテランママもいる。そうか、出産は実は快く楽しいのだ。新しい生命、待ちわびていた赤ちゃんにやっと会えるんだもの。こんな嬉しくて興奮するイベントはないはず。

口では痛かったぁ、などといっている人でも、その後、二

——というわけで
陣痛みたいなんですけど
わからないんです
もー
ねむくて
すぐ
来て下さい
ハハハ

人三人と産んでいるのがきっとその証拠だよ。

そんな話ばかり聞いていたからか、私は出産が非常に楽しみだった。何よりも、お腹の中でごにょごにょ動いたり、時に激しい足ゲリをしてくるヤツに、早く会いたくてしかたがなかった。

そして待ちに待った日。ダンナ様は珍しく有休をとって私の横にいてくれた。立会い出産でもあるし、これはさぞかし感動的な出産になると思っていたのだが……。

私は病院に着いてすっかり安心してしまい、お医者様が、「はい、いきんでいいですよ」

というころにはぎゃあぎゃあどころか、ぐ〜ぐ〜寝ていたのでよく覚えていない。その間中、腰をさすったり、足をさすったりと、かいがいしく働いていたダンナ様だけが、その一部始終を知っている。ハハ、申しわけない。

病院

まぁずいぶん
我慢してきま
したね
もうすぐ
ですよ〜
えっ
そうなん
ですか〜
よかった〜

そんなわけで、「出産はとっても眠くて気持ちいい」が、私の感想。

昼下がりにうとうとするような心地よい夢の中では、枕元のラジオから聞こえるベートーベンの曲に合わせて、昨日おもちゃ屋の店先で見たバンビがはね踊っていた。

産まれてきた赤ん坊は、ふげふげと泣いた後、私の横に寝かされた。

ガッツ石松にそっくりな女の子だった……。

5

ケンカしたって忙しくたって、忘れちゃいけないぜ、愛情表現

ダンナ様のおでかけタイムは毎朝7時半
今日も楽しくいってらっしゃい！
しくぶ

子どもが生まれた途端、夫婦の生活は一八〇度変わる。いやおうなしに赤ちゃん中心になり、親の私たちは、この赤ちゃん王に振りまわされる日々を、送ることになるのだ。

変わってみてはじめてわかるのだが、夫婦二人の生活の、なんとシンプルで自分本位で楽だったこと。生活リズムからご飯の内容まで、いつの間にか変わってしまい、気づけば気持ちまでが、赤ちゃんに一点集中。

愛しいふたりの愛の結晶であることは間違いないのだが、いつの間に

チュッ
これが、いつもの
おでかけタイムである
しかし、ある日――

か、その夫婦の間に、育児以外の会話がなくなっていることも。子どもにヤキモチ焼いているパパさんって、結構いるもんね。

そうはいっても、生活の中では子どものことを優先しがち。ごはんにお風呂にオムツ、遊び相手になって、寝かしつけて……、ホッとしたらもうヘトヘトで、気づいたら寝てたりして。なかなかゆっくり話もできやしない。

だから、本当にダンナ様のお出かけや、お帰りの小さな時間が大切よね。

ウチの朝のお見送り儀式は、結婚以来、なんとなく続いている。

今更やめられなくなっているんだけど、たいした会話がなくても、こういうのがある

といい。

新婚のころは、お見送りやお迎えなど、どこの家でもやっているかもしれないけど、子どもが産まれてからが肝心なのよ、うん。

「ご主人のお出かけやお帰りの時は、飛びついて愛情表現たっぷりにお見送り、お迎えしましょう。それが夫婦円満のコツです」

そんなお話を年配の男性から聞いた。毎日、愛を確かめ合うことが大切なのね。

そして彼はこうもいっていた。

「オトコは単純です。毎日、口に出してほめてほしいんです。愛していることはわかっていても、毎日、確認したいんです。表現してもらうと嬉しいんですよ」

いや、オンナだってそうだよね。子どもだって、動物だって。マメな愛情表現はやはり大切なのだ。

ところで、お父さんとファーストキスをしてしまったマヨ。

将来この事実を知って、「げげっ、オヤジとォ!?」なんて嘆いても、かあちゃんは知らないもんね〜。あんたが勝手にしたんだから。

6

どんどん夢を描いてみよう、いつも心に描いていこう

幼い日のワタシ
ZZZ
その昔、小さなちゃわんむしは夢見ていた

「自分の好きなことを仕事にできていいね」

と、よくいわれる。子育てしながらなので、今は仕事量も収入も微々たるものだが、それでも夫の転勤、出産を経て環境が変わっても、なんとか、とぎれることなく続いている。ありがたいことだ。

自分にあまり自信のなかった私が唯一、ヒトを喜ばせてあげられると思ったのは、〈絵を描くこと〉だった。

小さいころは両親が喜んでくれたし、学校ではマンガのキャラクターや、片思いのカレの似顔絵なんかを描いてあげると、みんな喜んで大事

に持っていてくれた。

そんな、人に喜んでもらった嬉しさが忘れられなかったことが、今の仕事につながっているのだと思う。

仕事に限らず、人間は皆、何か自分にできること、おおげさにいえば、生き甲斐や使命と呼べるものを求めている。

つまり、私が私で生まれてきたからには、ほんのちょっとでいいから人より優れた、私だからこそできる何かをみつけてやりとげたいと思うものである。

「お役に立ちたい！」

そんな、内から湧き出る強い願いを、知らず識《し》らず、誰もがもっていることに、私は今更ながら、感動してしまうのだ。

「ううん、人間って素晴らし〜い!」

みんな、夢や希望をもっている。もってないと生きててもつまらないもんね。

結婚して家族が増えると、自分自身のこと以外にも、家族の健康、マイホーム、夫の仕事の成功、子どもの進学……などなど、叶えたい夢は、ますます膨らんでいくもの。

人間は欲求があるからこそ、楽しく生きてゆけるのかもしれない。

希望を叶えるには、〝こうありたい〟というビジョンを、いつも心に描いているといいそうだ。それもできるだけはっきりと。紙に書いたりすると、イメージしやすいかな。毎日それを眺めて、「ムフフフ」なんて未来を想像するのも、楽しくていいんじゃない？

今思うと、私の夢はなんだか皆叶っているみたいだ。う～ん、確かに夢の中の私は、世界を飛びまわるビッグアーチストではなく、窓際でのんびりさし絵を描くお母さんだったなぁ。

ま、いいか……。

7

母の愛はパワー全開！この愛を知ることのできた幸せに感謝！

マヨが二歳になった。

「バンザーイ！　二歳よぉ！　まだオムツしてるけど、二歳といえば幼児の仲間入りよッ。お母さんは嬉しい！」

と、つい喜びの声を上げたくなる。「フッ、甘い甘い。これからが大変よ。女の子は生意気で全然いうことを聞かなくなるし、幼稚園に入ったら行事やらおけいこやら、クラスのママたちとのつき合いやらで忙しいわ、お金はかかるわ……」

などと、先輩ママからはいわれてしまうけど。

「子どもは、三歳までにたくさんの

親孝行をしてくれる」という。

一番手のかかるこの三年間に親孝行？　でもそうだよね。こんなに無邪気な笑顔を、かわいい仕草を、独《ひと》り占めしていられるのは今だけ。

素直で確かな愛情を、パワー全開で注ぐことのできる幸せ、味わえてよかったと思う。

前は「愛」なんて言葉、簡単に使うもんじゃないと思っていた。

でも、今は「これが愛なのね～！」って気持ちである。こんな気持ちで、いろいろなものを愛していけたなら、素晴らしいなぁって、実感している。

一生のうちでもほんのわずかの育児期間、ただ忙しく過ごしたり、我慢して過ごしてしまうのは、もったいない。

今しかできないことがたくさんあるはず。毎日を感謝して、大切にしていきたいな。

ところで最近、マヨは「二歳の第一反抗期」というものに突入したらしい。

つまり、親からの自立第一歩を歩みはじめたのだねぇ。そう思うと今の時間がもったいなくて、仕事をする足元で寝ている、そのほっぺにすりすりしたくなる。

あと十年もしたら、きっとすりすりなんてさせてくれなくなっちゃうんだろうなぁ、もう。

今からこんなことを考える私、子離れできない親になりそう。……なんて、子どもが寝ている時はいつも思う。

しかし、これがひとたび目覚めると、うるさくてわがままで甘ったれのガキである。仕事の邪魔。家事の妨害。トイレさえ行けない。私のペースは崩されっぱなし。思わず心で叫ぶ、

「早くひとりにしてくれぇっ」

ああ、なんて矛盾だらけの母親ざんしょ。

だけど、この生活、誰に聞かれても幸せだといえることは間違いない。愛するって幸せだ。

世界中のお母さんは皆、きっと同じ気持ちをもっている。

そして世界中の人は皆、その愛を与えられて生きているんだネ。

8

子どもって、私たち親のことを何でもわかっていて、生まれてきてくれるんだよ

毛がない
マヨは多少のことでは泣かないガマン強い(?)赤ちゃんであった

生まれたばかりの赤ちゃんは、とても小さくて何もできないように見える。

でも実は、親のことは何でもわかっていて、なおかつ選んで親の元へきてくれたんだという。

私たちに何かを教えてくれるために、幸せにしてくれるために、そして自分も幸せになるために。

子どもは福田《ふくでん》をもって生まれてくるという。自分が育つのに必要な、いやそれ以上のものを、きちんと用意してきてくれるのだ。

「だから何も心配はないんですよ。子どもを与えられたら、安心して穏

やかに楽しいことをいっぱい考えて、生まれてくる日を待ちましょう。
お母さんが幸せでいること、それが何よりの胎教です」
妊娠中、そんな話を聞いた。なんだか安心した。嬉しかった。

そして、お腹に話しかけた。

「あなたは、私をお母さんに選んで生まれてきてくれるのね。

私でいいのね。私は何も知らなくて、子どもっぽいわがままな人間だけど、それも全部知ってるのね。

よかった。一緒に幸せに生きていこうね。待ってるよ」

障害をもって生まれたり、厳しい環境に生まれる赤ちゃんもいる。

でも、それも赤ちゃんの魂は承知の上で、あえてきてくれるのだという。

この地上で、そういう生を学ぶために……。

誰かがそう決めたわけでもなく、証拠があるわけでもないけれど、そうやって皆、淡々と自分の生を受け入れて、生き抜くのだ、と理屈ではなく感じていた。
それが本能というものなのだろうか。

……。
がばっ
子どもというのはどうしてこう寝相が悪いのだ

9

書ききれない。「お母さんありがとう」の気持ち

実は今、母がわが家の台所にいる。マヨがインフルエンザにかかり、その看病と仕事が重なった疲れからか、私も「タイジョーホーシン」という病気にかかってしまった。

胸からわきの下を通って背中全体までぐるっとできもの。これがなかなか痛いし、熱も高い。

「安静にして下さい」

とお医者さんはいったけど、〝安静〟なんて言葉、二歳児をもつ兼業主婦の辞書にはないぞぉ。

てなことで、母がいる。遠出の嫌いな母が私のためにエッサホイサときてくれた。ありがたい、おかあサ

ミルクの頃より
ましだけど
寒い夜は
こんなこと
何度もくり返す。
どんなに疲れてても
目が覚めちゃうから
親って不思議だ。
zzz
おかあさん…
ぱっ

マササマ。包丁の音を聞きながら、布団の中の私は、子どもにかえったように幸せで安心していた。

思えば、私は物心のついたころから「絵の上手なえみちゃん」だった。

考えたことはなかったが、はじめに紙とクレパスを私に与えてく

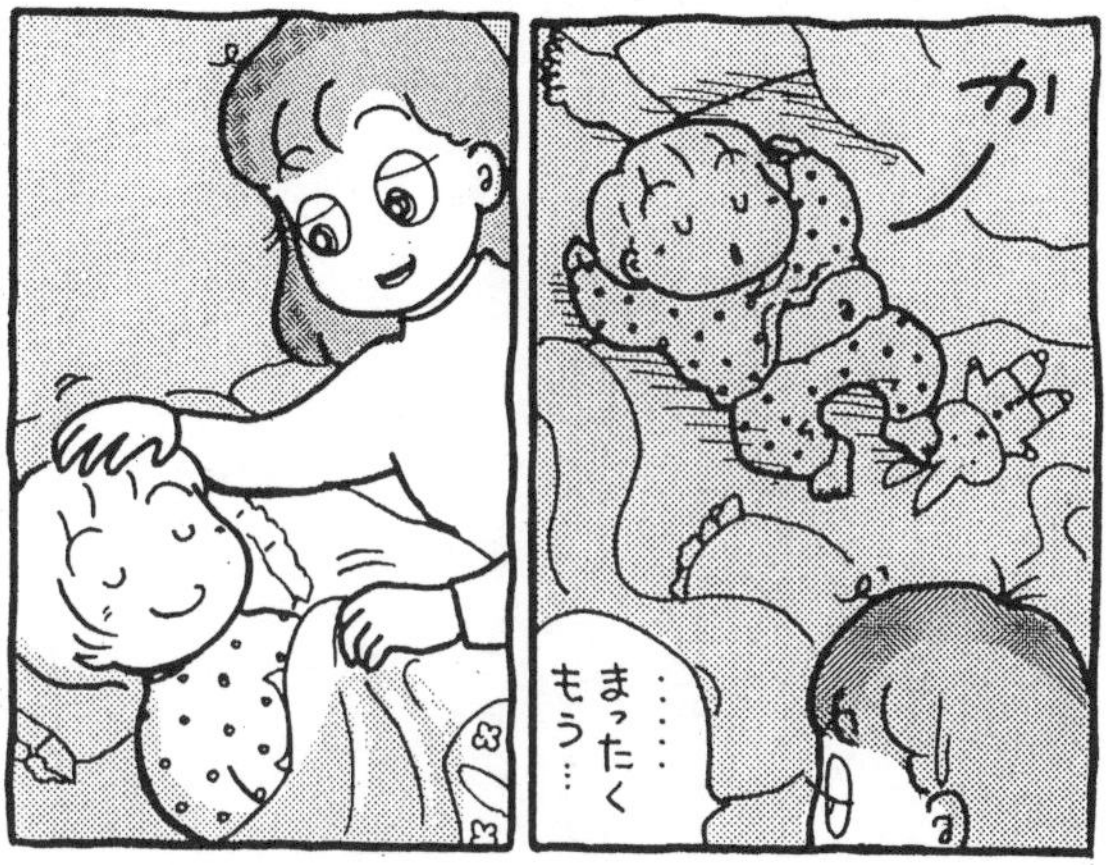
ガン
……まったくもう…

れたのは、きっと母である。

形にもならない落書きを、きっと最初に優しくほめてくれたのは母である。ほめてもらいたくて、喜んでもらいたくて、私は絵を描いたのかもしれない。

特別な才能があったわけでもない私が、人より多く絵を描いたことで上達し、またほめられて描くということを繰り返すうち、今はそれを仕事にすることができた。

私がこうしているのも母のおかげなのである。

母の日がくると、手紙やプレゼントを送って「ありがとう」などといってみるものの、そんな当たり前のひと言では申しわけないような、大きなものを親は与えてくれているのだと、子育てをしていてつくづく思う。

いつか、じいちゃんがいっていた。

「一番の親孝行はなぁ、えみこが幸せで

いることだ」

思わず、ははっ〜とひれ伏し、涙にむせびたくなるような言葉である。親とはかくもありがたいものなのだ。

ぼんやりそんなことを思っているうち、母が食事を運んできてくれた。料理嫌いの母が一所懸命《いっしょけんめい》作ってくれたおじやは、なつかしい味がした。

あたし、
知らないこと
忘れちゃったこと
たくさんあるなぁ

おとうさん
おかあさんありがとう
えみこは
元気です
ぐすっ
もっともっと
たくさん
あるんだろな…
ごろん

10

「うちのダンナ様は世界一！」世界中の奥様、さあ、ご一緒にどうぞ！

「お父ちゃんのすることはいつもまちがいない」
～アンデルセン童話～
ある日、貧しい農家の主人は馬を売りに市場へ出かけました
愛してるよー お父ちゃん！ まかしたよーーっ

いきなりノロケてすみませんが、私は夫のことが大好きなのデス。

「ああ、私の足《た》りないところをぴったりと補って、私を導いてくれる。こんな男性と結婚できてよかった、よかった、アタシってシアワセェ」

と感謝すること多し。あ～書くと恥ずかしい。

しかし、アンデルセンの童話を読んでふと思った。そりゃ今のわが家は、何ごともなく幸せだからいいけどね、もし、すご～く貧しくて、たったひとつの財産を相談もなく腐ったリンゴに変えられても、

お父ちゃんは
よーく考えて、
馬をめ牛に
とりかえました。
それから
め牛をひつじに
ひつじをがちょうに
がちょうをめんどりに
そして 最後には…

「ウチのダンナ様は世界一、大好き！」

なんて果たしていえるのだろうか。「愛は信じること」なんてセリフがどこかにあった。

「信じる」ってことは、今どんな状態にあっても、相手の真実の姿をみていられることだと思う。

夫婦とは、互いに魂の半分と半分が合わさったものだと、私は信じている。だから、本当は夫の決めたことは、イコール、私の決めたことでもある、わけだ。

あなたは私、私はあなた♪……夫婦って、きっとそういうモンなのね。

この先、まだまだ私たち夫婦は、いろいろな体験をしていくはずだ。楽しいことも山ほどあるに違いないけど、選択に迷ったり、一時的に失敗に見えるできごともあるかもしれない。

たくさんの腐ったりんごに変えてしまいました。
でも、やさしい奥さんは…
んもーっ やっぱりあんたってばサイコーだよ！ キスしてあげるよっ
へへへ そう？…
ねー こんな夫婦って いいなー♡
フム

そんな時も、私はやはり、ダンナ様を信じていたいナ。

さて、マンガに出てくる童話の続きは、この超プラス思考の夫婦を見たお金持ちがとても感心して、馬を売るよりもたくさんの金貨をくれた、というハッピーなオチで終わっている。

お父ちゃんはやっぱりまちがいなかった。ウハハ、いい話だ。

「ウチのダンナ様は世界一！」

世界中の奥様がこう信じていたのなら、この世のダンナ様は、みんな超プラス思考のウハウハ人間になって、世の中は、もっと明るく素晴らしくなるんだろうな……。

それじゃあ
ウチの場合。
お父ちゃんは
もらった
今月の給料を
増やそうと
がんばったので
すが、最後には
たくさんの
ハズレ馬券に
してしまいました。
でも、やさしい
奥さんは…
なにィ!?
もういっぺん
言ってみなさーいい
じょうだんだよ〜
ち、ちがうでしょ
そうじゃないでしょ…

11

ステキな笑顔をもっている人は、周りも自分も、幸せにできる

桂子ちゃんという、ステキな友人がいる。いつもニコニコ、面倒な雑用や人のお世話も一所懸命《いっしょけんめい》、優しい彼女に、私などどんなに甘えさせていただいたことか。

彼女の一番の魅力はその明るさ。いつも会うと、とびきりの笑顔で挨拶《あいさつ》してくれるし、

「桂子ちゃんに電話すると、なんだか元気がでるのよね」

なんていう人もいるくらい、いつかけても電話の向こうに現れる声は、めちゃめちゃ明るい。

「自分がどんな状態の時でも、電話に出る時はいつも大好きなトシちゃ

ん（彼女は昔から歌手の田原俊彦のファンだそうだ）からだと思って出るの。だって、電話かけてくれる人に罪はないもんね」

細やかな思いやりと、優しさにあふれる彼女の周りには、いつもたくさんの人が集まっている。

桂子ちゃんは男の子二人のお母さん。ご主人は結婚四年目に交通事故に遭《あ》われ、以来十年以上病院のベッドの上……いわゆる「植物状態」なのだと聞く。

私が彼女と出会ったのは、彼女が自分の実家へご主人とともに籍を移されたころだった。

事故の後、いろいろあった。次の年には心の支えだったお母さんを、病気で亡くされた。一歳と三歳のお子さんを抱え、どうやって暮らしていたのか覚えていないという。

いつ容体が変わってもおかしくないご主人やお母さん

の病院からの連絡におびえ、電話に出られなくなったこともあった。

そんな彼女が変わったのは、彼女を励まし助けてくれる人たちへの、感謝の気持ちからだった。心配してくれる人のためにも明るくしよう、そして、自分がたくさんの人に助けられたように、人のためにできることは、何でもしようと思ったのだそうだ。

桂子ちゃんは笑顔でいっていた。

「この人生は、私だから与えられたと思っているの。人生の中では、その人に解決できない問題は与えられないっていうじゃない？　それから私、かわいそうって思われるのが一番イヤ。だって今、とても幸せなんだもん」

いつか読んだ本にこう書いてあった。

「幸せとは……何かに感謝している気持ち、状態のことである」

いつも感謝の気持ちで、明るい笑顔をみんなに見せてくれる桂子ちゃんは、本当に幸せな人なのだ。

人間って、やっぱり素晴らしい♪と、彼女を見ていて思った。

わしはいつも洗っとるの
あははは

わんっ
マヨたんばいばーい
こんにちは～
たくさんの笑顔の中で過ぎてゆくこんな毎日は今の私の宝物である。
はち

あ、もうお昼。
只今、ダンナ様の実家の佐渡へ帰省中

12

結婚するって、大切な人が、たくさん増えることなんだ

夏といえば〝帰省〟がわが家の恒例行事。

ウチのダンナ様の実家は新潟県の佐渡《さど》にある。

転勤族の家庭に育った私にとって、いつも変わらずそこにある田舎、故郷は、あこがれであった。

それができたことは、田舎育ちのダンナ様と結婚して、嬉しかったことのひとつだった。

私が嫁《とつ》いだころ、働き盛りだった義父《ちち》も定年を迎え、にぎやかだった妹たちも学校を出て独立していった。

昔と比べて広く、静かになった家

お義母《かあ》さん、お昼何にしましょう。
そうね、適当に裏山からつんできて天ぷらにでもしようか。
てきとーに？
は、はい

数分後
ぴー
あはは
おかあさ〜ん、どれが食べられる草か、やっぱり全然わかんないです〜。
すみませ〜ん
やれやれ、しょうがないねェ。

では、両親と犬のモモが私たちを待ちわびている。

都会での暮らしに慣れ、やりがいある仕事に恵まれてがんばっているダンナ様は、佐渡へ戻ることを考えてはいないようだが、私たちが戻らなければ、もうここを守る人はいなくなる。

両親も、私たちも、やがては老いていくのだということを、考えてしまうこのごろだ。

嫁だから長男だからとか、家を守るとかよくいうけれど、ホントはそういうことじゃない……。両親は、何も知らない私を温《あたた》かく家族に迎え入れ、いつも優しく見守ってくれた。お米が穫れた、野菜ができた、といってはいつも真っ先に送ってくれた。

何より、大切なダンナ様を愛し育ててくれた義父《おとう》さん、義母《おかあ》さんである。感謝している。いつも幸せでいてほしいと思う。

お義母《かあ》さんがつんできた野草の天ぷらは
おいしーい!
ここでの食事はやっぱりサイコーですねェ
ホントにおいしい。

そしてその生命を、私たちに受け継がせてくれたご先祖様を大切にしたいと思う。

これって、自然な気持ちじゃないかな。

結婚は二人だけの問題だ、という人もいる。そりゃそうだけど、長い年月の中で、みんなどんどん私の中で大切な家族になっていく。

愛情が膨《ふく》らんでいくのがわかる。

結婚十二年め、まだまだ、まだまだ、これから奥は深いんだろうな……。

とにかく夏だ。今年も佐渡へ行こう。

魚も野菜も安くて新鮮、佐渡の人って、本当においしいもの食べてるんだなあ。
昔はおやつに自分でカニ取って、食ってたんだゾ。
えーーっ!!
いいなあ〜

岩のりのとり方、きのこの捜し方
おいしい梅干しのつけ方、
自然との上手なつきあい方、
お義母《かあ》さんに教わりたいこと
まだまだたくさんあるんです。

SADO

13

お母さんにとって、子どもの病気ほど、辛いものはないよね

ぎゃー
よしよし
マヨ〜、苦しくて横になれないのかー
げほ
げほ げほ
たかがカゼでも子どもの病気はホント大変だ

マヨが風邪をこじらせてしまった。

「なんでもっと早くつれて来ないんですか？　このあと熱が上がったら、夜中でもすぐに連れて来なさい」

と、今お医者さんに叱られてきたばかり。うぇ〜ん、どうしよう。

「病いは気から」という言葉がある。心と身体《からだ》（病気）の関係は医科学上でも大きくとり上げられているそうだ。

お腹にいる胎児が母親の心の影響を受けるように、まだ未熟な乳幼児の病気も母親に原因があることもある、という説も納得いく。

それなのに、私たち親子ときたら、まあホントによく寝込む。はぁ〜、ごめんねぇ、いたらない母で。しかし、こういう時に自分を責めてもはじまらない。ヒマもない。強くたくましく、母は心をきり替えよう。

ハクショーン、コンコン、と出たら、

「ほらほら、ばい菌さんが出ましたよ〜。もう、だいじょうぶ」

熱が出たら、

「よし、これで完全熱消毒だ。すっきり身体《からだ》がきれいになるよ〜」

これでよくなると思うことにしよう。

昔と比べると、家事育児は間違いなく楽になった。

でも、現代の子育ては孤独だという。核家族化や他人に干渉《かんしょう》しない（させない）個人主義の中で、特に幼稚園へ上がる前の子育ては、母親ひとりの手にかかっている。

ウチだって、平日はほとんど二人きり。近所づきあいがないわけじゃないが、病気したり、仕事が詰まっている時は、一週間くらい他人と口をきかないことはザラにある。

夫の育児参加が増えたといっても、彼らだって仕事で精一杯の時だってある。困った時の最初の相談相手が「育児書」なんてママは、意外と多いのだ。

それでも私の知っているママたちは皆、がんばっている。

かつて独身貴族だった彼女たちが、おそらく、今まで使ったことのないくらいの気力と体力を振り絞って、時にはスッピンで髪振り乱してがんばっている。みんなエライ。

だから子どもが病気の時、ひとり枕元で心を痛めているママには、難しいことはいわないで、こういって励ましてあげたいな。

〝これでみんな善くなるよ。だいじょうぶ、だいじょうぶ！〟

14

母の愛か、それとも超能力か、阪神大震災と、父のブリーフ

平成7年1月初旬
母は なぜか弟に
荷物を作っていた
せっせ
せっせ
……。
ちち

母は、独《ひと》り立ちした子どもにあれこれ荷物を送ったり、世話を焼いたりするタイプの母親ではない。

二十年以上、親と離れて暮らしている私も妹も、そういう記憶はほとんどない。

その母が、である。突然弟に荷物を送った。何かあると疑うべきだったのかもしれない。

平成七年一月十七日、神戸は阪神大震災に見舞われた。

多くの方が大変な被害に遭われたことに、私たちは皆、大きなショックを受けた。

あの朝、テレビをつけると燃える

家じゅうひっくり返して、家出でもするのか？
神戸のケンタローに荷物を送るのよッ
せっせ
今までそんなことをしたことのないお前がなぜ…？
？
へ？
そう言われてみると
ナゼかしら…
せんべい

神戸の街が……。

「大変だ……！」神戸にひとりで住む弟の身を案じて電話をするが、もう通じなかった。両親に電話をすると、地震の直後に連絡があったそうだ。

「怖かった。外も中もめちゃくちゃだけど、俺はだいじょうぶ」

それを聞いてホッとした。

実はその数時間前、私たちは神戸で弟に会っていた。正

あ、あの子が正月に帰って来なかったからよっ
きっとそーよ
あいつはいつも帰ってこんじゃないか？それにどうしてワシのパンツまで入っとるのだ…？
？
いいのっ

月にも実家に顔を見せなかった彼に、

「お父さんやお母さんはあんたのことを一番考えてくれているんだから、何かの時は一番最初に連絡するのよ」

などと、私は偉そうにいったのだ。

「何かの時」はずいぶん早くきたものだと不思議に思った。

母が、突然、「なんとなく」送ってしまったダンボール箱は三つ。

新しい下着やくつ下に毛布や食料。受けとった弟は、「いったい何がどうしたんだ？」と首をひねった。

その一週間後、震災は起きた。

弟は母の送った荷物の中のジュースを飲み、食料を食べ、毛布にくるまって暖《だん》をとった。

洗濯ができず、下着もとうとうなくなり、なんと彼は、母が送った父用のでっかいブリーフを、はくはめになったのだ。

「あの子、結局お父さんのブリーフをはいたのよ。それでね、『ブリーフって結構あったかいんだな』ですって。ハハハ〜」

そういって母は笑った。当時の苦労を思うと不謹慎《ふきんしん》だが、身内のことなので私もつい大笑いしてしまった。

弟はあの地震の後、十キロもやせてしまったというのに。ごめんね、ケンちゃん。

しかし、不思議だ。あれは単なる偶然か、ムシの知らせか、本人の意識しないところの予知能力か、はたまた母の愛なのか？人間には誰にも未知なる力があるのだと、私は信じずにいられない。

しかし、さらに数日後——

それらは非常に役立つことになった。

ブリーフってあったかいのな……。
ははは…
よかったね…
はは…
ちゃわんむし
母、恐るべし…。

15

みんなみんな、仲よしがいい、世界がひとつになる日も遠くない

私はお祭り好きである。とりわけオリンピックなどという、世界規模のお祭りは、涙が出るほど大好きなのだ。

今年はオリンピックがある、というだけで、その年は苦手な夏さえ待ち遠しくなる。

なぜお祭りが好きなのかというと、みんなが楽しそうだから。

一緒になって、仲よしで楽しそうだからである。楽しそうな人を見ていると楽しくなる。コレってなんだろうね。

開会式の入場行進では、みんなどの国の選手にも手を振り、大きな

拍手を送る。

たった数人の小さな国や、近年大きな事件や災害に見舞われた国にはより大きな拍手が送られた。

「ウ〜ム。知らない国ばかりだ」などとつぶやきながら、とんと世界情勢にうとい私でも、ブラウン管を通して世界中の国の皆さんにお会いできるとは、やはりオリンピックは素晴らしい。

陸上一万メートル予選、最後尾、周回遅れの選手が懸命に走る。スタンドでは皆立ち上がっての大声援。

一位の選手より大きいのでは、と思えるくらいの拍手、拍手……。

人間は皆優しくて温くて素晴らしい。

小さな日本のマンションの一室で、主婦えん

どうえみこは、

「人類みな兄弟だぜ」

と感動の涙を流すのであった。

私たちがそんなドラマに酔っている間も、一方では内乱や貧困でオリンピックどころじゃない人々もまだたくさんいる。

でも、スタンドやTVやラジオの向こうから拍手を送っていた、強く明るいパワーが、世界中を本当にひとつにする時がきっとくる、と私は信じている。

閉会式で歌われた『イマジン』の歌詞みたいに、皆で幸せを想い、祈り続けよう。

世界中の人たちが、みんなみんな、平和で、幸せでありますように……。

しかし、最近オリンピックとオリンピックの間の四年間が、あっという間に過ぎるように感じるのは、なぜかしら……？（笑）

16

自然・素朴・ありのまま、そういうのって、いいなあ

信州に住むTちゃんから手紙が来た

「パン屋さんになりたい」といっていた友人のTちゃんが、本当にパン屋さんになった。

彼女は素直・素朴・自然体なんて言葉がぴったりのステキな女性。すぐに肩に力の入ってしまう私など、教えられることが多い。

信州のある農園を訪ねたTちゃん夫妻、「村おこしではじめたパン屋が辞めてしまって困っている」という話を偶然聞き、その足で村役場へ行って申し込んできたという。

お店もパンを焼く機械も住む家も、もう、ちゃんとそろっていて、おまけに一からパン焼きの指導つ

山の一年は
夏から秋にかけて
一所懸命働き…
冬は…
雪にとざされて
なーんにも
やることが
ありません

き。こんなことってあるんだろうか？

でもあった。力《りき》みのないTちゃんならではのすごい決断力と行動力！

Tちゃん夫妻は信州へ移り住み、パン職人への道を歩みはじめた。

自然の大好きな二人が、試行錯誤の末に作ったパンたちは、農園の新鮮な素材を使った、オリジナルの天然酵母パンだ。

酵母と毎日闘って（？）愛情込めて作る。お世辞抜きでおいしい。

パン工房を訪ねると、周りの自然に溶け込んだ、飾らぬ笑顔で迎えてくれる二人がいた。

一所懸命《いっしょけんめい》パンを焼く姿を見ていると、食べ物は皆、作る人の愛情が込められているのだと改めて感謝……。

この前、Tちゃんがくれた手紙にはこう書いてあった。

「ここでの暮らしはいいことずくめですが、何といっても主人と仕事ができることがよかったです。毎日毎日パン作りに真剣にとり組む姿を見て、愛情のほかに尊敬の気持ちでいっぱいです。

これからも忙しい日々は続くと思うけど、皆さんに感謝しながら、二人で助け合いながら、パン作りにがんばるつもりです」

私もダンナ様のことを思った。サラリーマンの妻の私、残念だけど彼の働く姿を見ることはできない。

でもそれぞれの仕事を毎日精一杯するための活力は、お互いの素朴な愛情なんだと思う。

今日は仕事うまくいったかな。楽しいことあったかなぁ？

帰ってきたら、お疲れ様って笑顔で迎えよう。そして仕事の話を少し聞かせてもらおう……。

17

当たり前の毎日は、みんなの愛と一所懸命さで、成り立っている！

リエちゃんのご主人はとても忙しい
最近は朝6時に出て夜はいつも夜中の3時頃に帰って来るの
ゴリちゃん
わーハードー…
BREAD

朝早く、ポストを見ると、いつものように朝刊が入っていた。

明け方まで降った雨の中、今日も新聞配達してくれた人がいる。

ありがたいなぁと思いながら、いつものように朝食を作り、ダンナ様を送り出す。

今朝はちょっと眠そうだけどがんばってね。

ベランダで洗濯物を干していると、いろんな声が聞こえる。

「パパ、いってらっしゃい」

隣りのコウちゃんの声。

コウちゃんのパパはベランダに向かって手を振る。

あっちからは一階のアヤちゃんの声、アヤちゃんのパパは慌《あわ》てて道を戻ってきてニッコニコ手を振る。

黒い車は五階のシュウくんのパパ。

車のサンルーフがあくとニュッと大きな手が出てきて「バイバ～イ」。

上の方から元気なシュウくんの声。みんな、優しいパパなんだね。

今朝もマンションのあちこちから出てくる、たくさんのダンナ様たち。

みんな自分の部屋の窓を振り返りながら、

「今日もがんばるゾ～」

って出かけていくヨ。偉いなぁ皆さんいってらっしゃい、今日もがんばってね。

大きな掛け声とともにやってくるのは、ゴミ収集車。

マヨは、大きなゴミ箱を持ち上げるクレーン車が好きだ。

こんなこともありました。
わーー　サンタさんだ！
きっと喜ぶぞーー
今日はたのしぃクリスマス〜♪
サンタクロース仮装セット
501
ひゅ〜
待ってろよ舞ちゃんシュウくん…

後ろに立ち乗りしているおじさんたちは、元気でかっこいい。

たまに危ないゴミもあるから、ケガしないでね。いつもありがとう。

いつものように太陽が昇って、いつものように大地があって、いつもの時間、いつもの街で、いつもの人たちが動き出し、私たちの暮らしも動き出す。

当たり前に見えるこの毎日、本当は皆の愛と一所懸命《いっしょけんめい》さで支えられている。素晴らしい愛すべき毎日なんだナ……。

「ありがたいもんだねぇ」

と私がいうと、隣りで洗濯物を泥だらけにしている（本人は手伝ってるつもり。でも、その分はやり直しだ、え～ん）マヨもいっちょまえの顔で「ありがたいねぇ」といった。

雨上がりの朝は、見るものすべてがキラキラ光って美しい。澄んだ空を見上げて深呼吸。

「よし、かあちゃんもがんばるぞぉ！」

女性はハプニングに弱いとか車やメカに弱いとか言われるが
そういうのって女性が甘えているみたいでなんだか悔しい。何でもちゃんとできるようになりたいな！

18

皆様、大変お世話になりました
―交通事故の巻―

車というのは、あると行動範囲も広がってとても快適なものだ。

特に小さな子どものいるママには、本当にありがたい。産後の肥立《ひだ》ちが悪く、酷暑に見舞われながらの育児がなんとか成り立ったのは、私に運転免許と車があったからに相違ない。

しかし、一歩間違えば恐ろしい目に遭うこともある。

ある日、私は名古屋名物百メートル道路にある五叉路で、信号待ちをしていた。

すると何やら「ドカン」と大きな音がしたような気がした。〈気がし

ということで私はたいがいのことはできるつもりでいた
やってできないことはないっ
棚も作るし AVやパソコンの配線だってちゃんとできる。チェーンだってまけるもん。
タンスだってもち上げるし！
得意

た〉あたりがマヌケである。

バックミラーを見ても、後ろを振り返っても、特に変わった様子はない……。

と、元の体勢に戻った途端、後方の数台の車から男性が怖い顔で一斉に飛び出してこちらへ向かって走ってくるではないか。（バックミラーで見えた）

「えっ？　えっ？　私、何かしました？」

とビビリながら窓を開けると、

「あんた、ぶつけられたよ！　あのトラックに！　早く行って停めないと信号が変わって逃げられちゃうよ！」

しかし事故の時はひじょーにマヌケだったし
おくさーん ドアあいてるよー
しっかりー
け、けーさつへ行かなくちゃ けーさつ…

「ひぇえ！」

車を降りて、ベッコリえぐれた自分の車を見てもう一度「ひぇえ！」

ぼーぜんとする私と助手席にマヨがいるのを見て、はるか前方にいる十トントラックまで、ひとりの方が走ってくれた。トラックの運転手は気づいていなかったらしい。

「申しわけないことをしたねぇ」

その後も私はすっかり舞い上がっていたが、気づくと事故の届け出も保険のこともきちんと終わっていた。ホッ。

しかし、

「子どもが後ろのシートに乗っていたら危なかったねぇ」とか、

「あとでムチウチが出たらその時は……」とかいわれてまた「ひぇえ！」。

家に帰った後、実家の母に電話をした。

「あなたに人とぶつかるような心があったからじゃないかしら」

信心深い母は、慌《あわ》てず騒がずそういった。

はぁ、そうかもしれません。数日前に姑と大喧嘩をした私は、なんだか妙に納得してしまった。

困った時、人の深切《しんせつ》は本当にありがたい。助けてくださった皆さん、ありがとうございました。

えへっ
毎日がんばってる自分のことほめてみようと鏡を見た

19

この世でたったひとりの存在だから、自分のこと、もっと好きになろうヨ

「自分を心から愛せない人には、誰をも本当に愛することはできないんですよ」

そんな言葉を聞いてショックを受けた。

正直いって、私はずっと自分があまり好きじゃなかった。笑うかもしれないが、思春期あたりには「私ほどサイテーのヤツはいないっ」なんて真剣に悩んだこともある。

私は人間の「神性《しんせい》」というものを信じている。本当に悪い人間なんて、ひとりもいないのだと思っている。

だがしかし、自分自身に関しては、なかなか「私って本当に素晴ら

♪えみちゃ〜ん！
笑うととっても
美人だね〜っ♪
にこっ
げっ

しい。いいヤツ！　う〜ん、大好き！　愛してる！」なんて心底思うのは難しい気がするのだ。

自分の心の中は自分が一番よく知っている。甘えやズルさやマイナスの気持ち、誰が気づかなくても、自分ではちゃ〜んとわかっているから逃げ隠れできないもんね。

め…
目尻に
小じわ発見!!

でも、それでも自分のこと愛したいと思う。心から好きでいたい。きっと、みんなそう思っているんじゃないかなぁ。

何かの役に立つことができた時は

嬉しい。心の中の自分に「よかったね」っていえるから。

そんな時「私も結構いいヤツじゃん」って思える。でも、もし何もできなくても、やっぱり自分のことほめてあげようよ。

「今日も一日頑張ったね、エライぞ！」

「この笑顔なかなかいいね」

「子育て上手、やりくり上手、お料理上手、よっ、主婦のカガミ！」

もうなんでもいいから、毎日鏡を見て自分に声をかけてあげよう。

そうやって、毎日をニコニコ過ごしているうち、なんだか本当に自分が好きになってくる。不思議に自信が生まれてくる。

ホントだよ。言葉の力って、結構すごいんだ

から。
自分を大切にできる人は、みんなを大切にできる。
本当の自信に満ちている人は、愛もあふれている。
そういうの、わかる気がするな。
私をステキな人にするのは、私自身なんだよね。

20

子どもって素晴らしい、真実をたくさん教えてくれる

デラックス仕上げ
マヨちゃーん
バナナあげるわー
わぁー
ありがとう
近くのクリーニング屋さんまで、ちょっとお散歩！

最近、娘とのお出かけが楽しい。

大騒ぎしながらなのだが、相手も私を困らせることに飽きたのか、無茶苦茶なことはしなくなった。階段や坂道も、上手に歩けるようになって嬉しい。

お出かけ好きのマヨは、見るものすべてが新鮮で感動的、会う人は皆お友だち、といった感じでニッコニッコと誰にも手を振って見せる。

相手が、高架下に寝泊りしている自由人風の方でも、眉間にシワを寄せた怖そうなおじさんでも、向こうが笑顔を返してくれるまで、

「こんにちは～」

いつもすみません。
デラックス
いいえ〜またネ〜
バイバーイおばちゃんスキー♡

なんて大きな声でいいながらニッコニッコ……。

だけど、たいていの人は笑って手を振ってくれるのだ。中にはかがみこんで、

「お嬢ちゃんかわいいねぇ」

なんて抱っこしてくれたり、いろんなモノをくださる方もいる。

だから、マヨはすべての人は自分が好きで、かわいがってくれるものと信じて疑わない。

そんなマヨといると、私も一緒にニコニコしている。

ひとりの時とは違って、子どもと一緒だとなんだか力が抜

♪
あっステキー♥
うわあキレイ!
赤いのピンクのお花きれいねーっ
かあちゃんかあちゃんねェねェ
あら、おじょうちゃんお花スキ?
♪
うれしー
鉢ごといただいた

けて、笑ってばかりいる自分に気づく。

無邪気に私に笑顔をくれる子どもって、本当に素晴らしい。

レストランに入ると、ウエイターが水を持ってきてくれる。

「ありがとう！」

マヨは、ウエイターの顔を見ながら大きな声でいう。それまですましていた彼が、ニコッとほほえむ。それだけで、すごく雰囲気がよくなる。

以前、外国人の知人がさりげなく「サンキュー」をいうのを見て、ステキだと思った。

私もそれから心がけているけど、上手にコミュニケーションをとるのは難しい。

それを、堂々とやってしまう子どもを目の前にして、

なんだかハッとさせられた。

ウチの子に限らず、子どもというのは皆、本来そういうものなのだと思う。

そして私たちも皆、小さなころはこの世のものすべてに歓喜し、すべての人は、皆友だちだと信じたころがあったのだと思った。

子どもは本当に天使だ。

私も、子どものように澄んだ笑顔をもてるよう、そしてマヨがいつまでも、そんな明るい笑顔を持ち続けられるよう、もっともっと、心の目を澄ましていきたいな。

21

ダンナ様に「ありがとう」子どもに「ありがとう」

ある時、私はちょっと不満だった。「ダンナ様は、絶対私に謝ってくれない。お礼もいわない」

前はそうじゃなかったのに、なんでこうなっちゃたのかな。

でもな～、そういう私だって前より気づかいが足りなかったのかな……。いつの間にか「夫婦なんだからわかってくれる」なんてどこかで甘えてしまっていたのかな。

細やかな思いやりが、なくなってしまったのかな。コレが「慣れ」というもの？　あ～。

そんな時、出会ったころのことを思い出してみた。

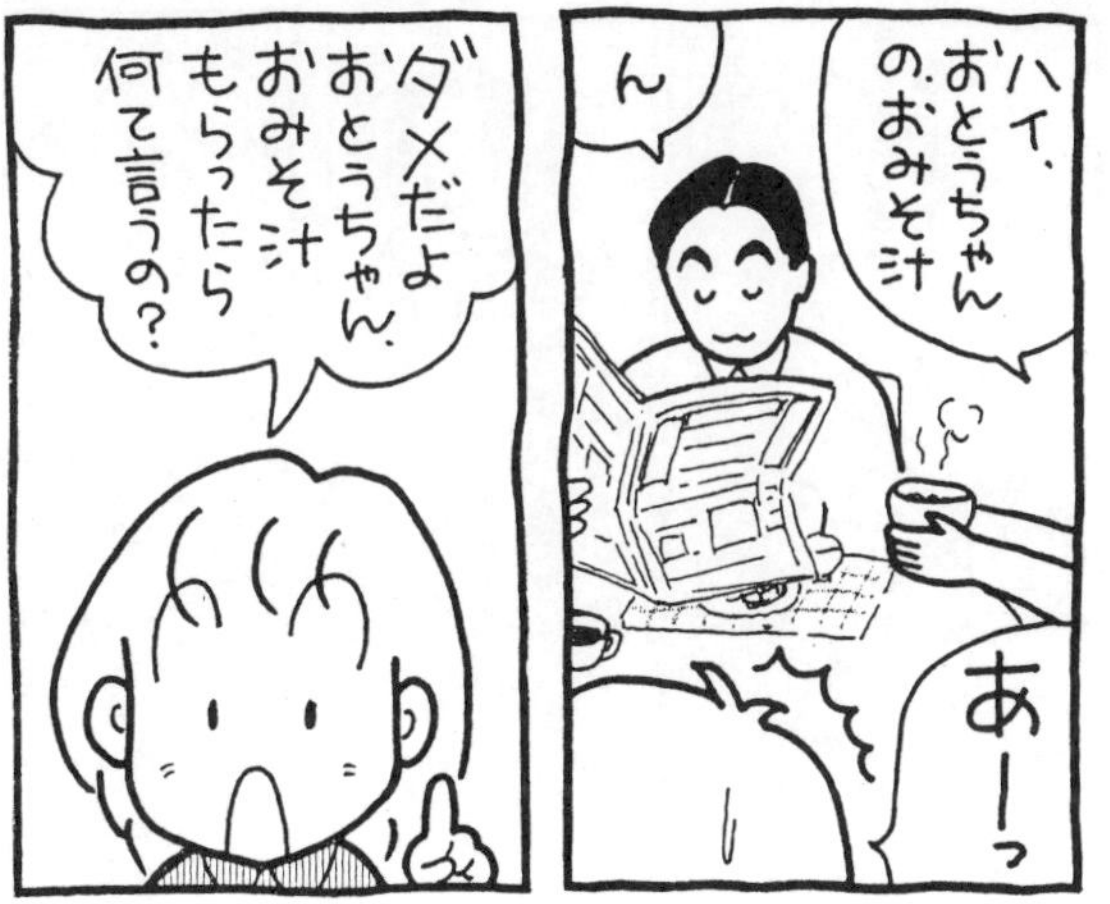

あのころは、一緒にいられるだけで嬉しかったなぁ。結婚して、ずっと一緒に暮らせるのって嬉しかったなぁ。

それなのに、いつの間にあれをして欲しい、これをして欲しい、って思うようになったんだろう。

ああ、なんか忘れてたよ。そうだよね、今も健康でいつもそばにいてくれること、すごく幸せなんだよね。

今の私の幸せは、ダンナ様が現れてくれなかったら、な

かったものなんだ。

マヨだって、彼がいたからこそ授かったんだし、そのほかにも、彼が私の人生に存在してくれたおかげで、楽しいこと、嬉しいこと、いっぱい与えてもらったんだな。彼がいてくれて本当によかったな、幸せだな。

そんなことを思うとね、なんだか小さいことは、どうでもよくなってきました。

そこにいて、息をしてくれるダンナ様の存在が愛しく、感謝の気持ちがあふれました。

「うんうん、ありがとね、いてくれて」

子どもも同じだよね。いつの間に「あれができない。これができない」なんて、本当は、どうでもいいことを気にするようになっちゃうんだろう。

お腹に宿った時、すごく嬉しかった。元気な産声《うぶごえ》が嬉しかった。おっぱい飲んでくれた、それだけで、嬉しかった。はじめて笑いかけてくれた時、最高に幸せだったよね。

　そう思ったら、

「もうアンタ、いるだけでいい。元気で笑ってくれてたら、それだけでかあちゃんは幸せだよ」って思えます。

　毎日の生活の中で、何かが足りない気がしたら、思い出してみようヨ。

　私たちに与えられている、たくさんのかけがえのない幸せを。

わたしってなあんて幸せなんでしょうっ
この頃、うちのダンナ様はますますやさしくなったみたいヨ。
みやげ
マヨも

22

待ちに待った、幼稚園生活のはじまり

この春からマヨも幼稚園へ通っている
みんなー今日も元気に幼稚園へ行こうねー
おはよう〜♥
せんせー♡
せんせーおはよう
せんせー

マヨが幼稚園に通いはじめた。早く行きたくてうずうずしていたくらいだから、すぐに生活にも慣れ、毎日どろんこになって楽しそうに帰ってくる。

園での彼女は相変わらずマイペース。先生曰く、

「ものすごく好奇心自立心おうせいなお子さんですね」

興味があると、すぐフラフラ行ってしまうので、集団行動の場では先生にご迷惑をかけているらしい。

よく脱走して叱られていると聞いたが、本人は叱られてもいたって明るく前向き。

家でオニ母（私のことだ！）にしこたま叱られ慣れているのか。

でも日に日にお行儀よく、おりこうさんになっていく。プロの教育はさすがねぇ。

私はといえば、はじめて園児の保護者という立場になった。自分がまじめな集団生活を送っていなかった気がするので、正しい保護者？が務まるか心配だ。

でもまぁ、そんな私でも大人になってなんとか無事

に暮らしている。何を学ぶにも、その子その子のやりかたがあると思うし……。

だいじょうぶよォ心配しなくても、それなりに育つわよぉ、なんて思っているんだけど、甘いかしら。

ただ何があっても、その子の中の無限の可能性を信じて、まっすぐ見つめていられる親でありたいと思うのデス。

「子は親のうつし鏡」という。だから、子どもに何かが起こったら、それは私たち親自身も勉強しなければならないことなんだと思う。

いっぱいいろんな人と出会って、経験して、親も子どもと一緒に成長していくんだよね。

よ〜し、がんばろ〜っと。なんて気合いを入れる私だが、いきなりの幼稚園用品の手作りと名前つけに、まず四苦八苦。

あたしゃ家庭科が一番苦手だったのよぉ。そうか、お母さんってこういうこともするのね。しくしく。

さて、私自身の生活も少し変わった。

わずかな時間だが、ひとりの時間ができて、仕事も進むし美容院や歯医者だって行けるんだ。わ～い。今まで一時間かかった買い物も半分の時間でラクラク。嬉し～。

ちょろちょろして、すぐ行方不明になるマヨを気にしなくていい。どならなくていいんだぁ。

そういいつつも、迷子放送にハッとして思わずマヨの姿を探してしまう、ちょっぴり淋しい母なのであった。

23

何かしてみたいな、何ができるかな?

子どもを産んでからは、もっぱら人サマのお世話になるばかりの毎日。

出産後の私は、肥立《ひだ》ちが悪かったというヤツだったのか、出産の五日後からバタバタ銀行行ったり仕事してたのが、いけなかったのだろうか……。

自分でも何がなんだかわからないうちに、みるみる体重が減って、身体《からだ》がいうことを聞かなくなってしまった。

「出産後は二十一日間ムリせず寝ているもの、っていうのよ」なんて、後で友人にいわれたけど……。

だって、欧米ではその日に退院してくるっていうじゃないの。そういうものなの？最初の一年など、ほとんど家から出られず、たまに出かけると、道端で脂汗《あぶらあせ》たらして動けなくなったりして、見ず知らずの人に、ずいぶんお世話になってしまった。

思い出すと、何やってたんだかな、って毎日だったなぁ。いや、本人は必死だったんですけどね。殺伐《さつばつ》とした世の中だという意見も多いけど、結構みんな優しかった。

助けてくれた工事現場のおじさ

ん、席を譲ってくれたビジネスマンのお兄さん、声をかけてくれた近所の皆さん、みんな、神様に見えたなぁ〜。

そして、そんな状態だったからこそ、人間はひとりで生きているのではなく、多くの人のおかげで生きていることを実感し、心から感謝できたのだ。当時は悲惨だったが、あれはあれで、とってもいい体験だったと思う。

皆様のおかげで母子とも無事、生きております。感謝♪（笑）

しかしながら今、「あれは夢だったのかもしれない」と思えるほど元気な私！ ジャ〜ン！「空は青い。風は緑、私のココロはバラ色よ〜ああ、幸せ〜！ 健康というのは、うん、実に心が前向きになって大変よろしいではないか、はっはっは〜っ」

などとベランダで高笑いしたりして。

ということで、何かしたいと心がうずくのだ。お返しがしたい。といっても大げさに構えないで、自分にできる小さなことからやろうと思えばいいよね、って。

ちょっとだけ子どもを育てたことで、前よりできることが増えているといいな。

前より人の気持ちがわかるといいな。優しくできるといいな……。

たくさんの人に優しく助けられて、私も、心から優しくなりたいと思う。

24

目には見えない真実が、この世には、いっぱいあるんだと思う

マヨ、もう寝ようよ！
やーだよーっ
元気なマヨは宵《よい》っぱりで困る

わが家の三歳児マヨは、相変わらず絶好調。

「見てみて」「やって」「やらせて」の連発だ。「少しはだまってろ！」といいたくなるくらい、一日中よくしゃべる。

おかげで、幼稚園のことも、今日先生が牛乳を二本飲んだとか、U君がおもらししたとか、何でも報告してくれるから楽しいが、たぶん家庭内のことも、いろんな人にしゃべりまくっているのだろう。ああ、恐ろしや。

彼女は近ごろ、見えないお友だちを勝手に創造して？ 遊んでいる。

「なんて名前なの？」と聞くと、

「おばけ」

げげっと思い、どんなおばけなのか絵に描いてもらった。かわいいおばけちゃんだった。ああよかった。おばけはひとりの時もあるし、三人くらいいる時もある。

買い物に連れて行ったり、時にはおばけの人数分のイスとお皿を用意して、夕食もご一緒する。

前に見せたアニメ映画の影響かしら……それとも、

本当に何かそういう存在が彼女にはわかるのかもしれないなぁ。だって子どもは神様の世界により近い存在だというじゃない?

私たち大人は、自分の目に見えるものしか信じないことが多い。でも本当は知っている。

魂とか生命とか、見えないものがたくさんあることも。在《あ》ると思うのも、また無いと思うのも、目には見えない私たちの心だ。

肉体の目がとらえる、現象や存在だけが真実だなんて、誰がいいきれるのだろう。

山の神様や、木の妖精などが出てくる昔話は、世界中にある。

人間は、宇宙や地球の大きな力に守られ包まれて、この世に存在してきたのだと思う。いつの間にか自分たちの知識と技術だけで生きている、そんな気持ちで焦っていないだろうか。私たち、もっと安心して、力を抜いて生きてもいいんじゃないかなぁ。

「かあちゃん見て見て！」

ベランダからまたマヨの呼ぶ声。はいはい、と出て行くと、

「お空に絵が描いてあるよ」

見ると雲の後ろに隠れた太陽の光が、雲のきれ間を縁どるように光っている。暗い空に光るペンで描いたように。

「誰が描いたのかな？」

と聞いたら彼女、

「お空の神様じゃない？」

などとマジメな顔でいうのであった……。やっぱり子どもっておもしろい。

25

たくさんのご先祖様が伝えてくれた、私たちの生命、大切にしようね

チーン
マヨは実家の仏壇にお線香をあげるのがスキです

夏といえば終戦記念日やお盆。亡くなった方や、ご先祖様のことを、誰もが深く思い出す季節でもある。

平和で恵まれた、現代の日本に暮らす私たちは幸せだ。ほとんどの人は本当に飢えたこともなく、生命を脅《おびや》かされたこともない。

自由を束縛されたこともなく、本当の孤独も知らない。いつも誰かに守られて、それが当たり前のように生きている。

でも、ほんの半世紀前までの日本には、たくさんの飢えた人がいた。家を失《な》くし、親を亡くし、孤独に震

それは神道なんだけどな…
まあいいか
にはくしゅいちれい
SUNNY

えた子どもがいた。

今の自分の幸せは、たくさんの人の愛によって、何代もかかって守られ築かれてきたものであることを、心から感謝せずにはいられない。

ある時、こんな話を聞いた。

〝あなたがこの世に生まれるためには、あなたのお父さんとお母さんの二人がいなければなりませんね。

そして、そのお父さんやお母さんが生まれるためには、おじいちゃんとおばあちゃんが二人ずつ、そのおじいちゃんが生まれるためには……とやっていくと、百年前にはだいたい十四人、四百年前には、おおざっぱに計算してもナント、四千人のご先祖様が、いることになるんです。

そして大事なことは、その中のひとりでも欠けたなら、あなたは、生まれてこなかったのですよ……〟

えーと…
この人は
ひいじいちゃん
だよね？
そう。
おじいちゃんの
お父さんよ。
マヨがもっと
小さい時
かわいがって
もらったんだヨ
あーっ
知ってるよ！
ビデオで
見たことある

それを聞いた時、ぞざざ〜っと頭の中で、歴史の本の中にしかなかった、何百年もの昔と今の私が、つながった気がした。

たくさんのご先祖様が、一所懸命《いっしょけんめい》生きて伝えてくれた生命《いのち》が、人生が、私の中につながっている。

そう思うと、この生命《いのち》は私だけのちっぽけなものではなく、太古から受け継がれ、未来へ続いていく、尊くて大切なものなのだという思いが生まれた。

マヨが生まれて、私が伝えた生命《いのち》がひとつ。

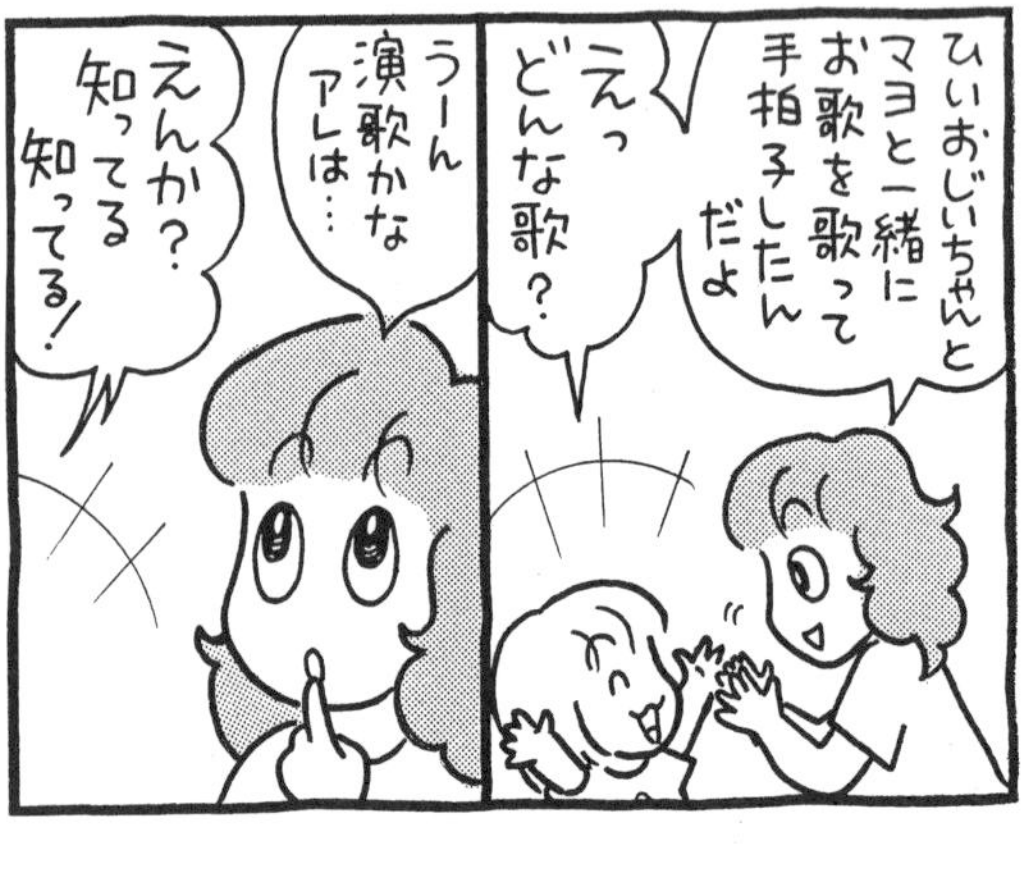
ひいおじいちゃんと
マヨと一緒に
お歌を歌って
手拍子したん
だよ
えっ
どんな歌？
うーん
演歌かな
アレは…
えんか？
知ってる
知ってる！

小さなことに負けたりしないで、もっと未来まで伝えていってほしい。だいじょうぶなんだよ。後ろには何千、何万もの生命がいて、幸せに導いてくれているんだから……。

私もそう、すべての人がみんな生命を受け継ぎ、尊い力に守られて、今、この生命を生きている。

すごいよね。大切に生きなきゃ、もったいない。

26

転勤だぁ

とーちゃあぁん
転勤である。多忙なダンナ様は早々に新任地へ行ってしまい、しばらくは離ればなれの生活になった

転勤である。

うわぁ、ついにきたか。すっかり油断していたが、ウチは転勤族なのである。

住み心地のいい街なのに、よい友だちもたくさんできたのに、マヨも幼稚園に慣れたところなのに……。

引っ越しなのである。お別れなのである。とほほ、ショック。

しかし落ち込んでいるヒマもなく、一週間後、ダンナ様は、次の任地へひとりで行ってしまった。

彼の会社はいつもこんな感じで、あとから、家族が荷物をまとめて追いかけていくのである。無情といえば無情。

ある公務員の方など、定年まで五十回も転勤したとか、またある会社では、辞令が下りたら次の日に赴任しなければならない、なんて話も聞いた。

まぁ、そういう人生もスリルとドラマと緊張感があってようござんす。

日ごろ、「限定モノ」に弱い私、「名古屋での生活も期間限定あと○日!」などと思うと、ありふれた日常のなにもかもが、今までの百倍くらいありがたくなる。

そして
うつってしまった……
39度…
そしてこういう日に限って粗大ゴミの収集日だったりする…
引越の機会に処分しようとしている家具
ぜいぜい
はあはあ
なんのこれしきカゼなど気のせいさ
粗大ゴミ
※近所の方が手伝って下さった♡感謝

同時に、たくさんの人の顔を思い出す。

「彼女と最後にお会いした時、私は笑顔で別れたかしら」

「もっとあの人と仲よくなりたかったな」

「いい加減にしていたこと、なかったかな？」

お別れの時はいつも思うんだ。これからは、もっともっと毎日を大切に、笑顔で過ごしていこう。人との出会いを大切にしていこう……って。いやいや、本当はいつでもそういう気持ちで、感謝しながら生きていきたいよね。

お気に入りのいつもの道を歩くたび、優しい友だちの顔を見るたび、こんなことも、もうできなくなるんだな、としみじみ思う。

ここに住んでいる間、本当にたくさんの幸せな時間を、与えてもらったなぁ。

ただ感謝の気持ちがこみ上げて、会う人見るものすべてに、お礼をいいたい気持ちになる。

そして、いつも与えられてばかりいたことに、少し切なく感謝しながら、残りの名古屋での毎日を、大切に送ろうと思うのである。

27

大きな環境の変化は、自分が成長する、ラッキーチャンス！

私たちは名古屋から東京へ引越しをした
うぅ〜ん
バイバーイ
元気でね
えみちゃ〜ん

ダンナ様が赴任してから二カ月半後、私たちも後を追って、引っ越しをすることになった。

ところが、あてにしていた彼が、引っ越し一週間前に、いきなり腰を傷《いた》めて寝込んでしまった。

ちょっとちょっとォ……。

おまけに、最後になってトイレがこわれて水が止まらなくなるわ、お風呂のドアが開かなくなるわ、ともうてんてこまい。

でも、そんな時にもたくさんの友だちが手伝いにきてくれたり、電話をくれたり。最後まで、私は皆さんのお世話になってしまうのだった。

怒濤《どとう》のように日々は過ぎ、私たちは涙、涙で名古屋を後にした。

ありがとう。

また会おうね。元気でね。ずっと幸せでいてね。

転勤、転居のほかに、例えば入学、就職、転職、家族が増えるとか減るとか……、そういったストレスの大きいできごとは、考えようによっては、大きなチャンスでもある。

今までの自分から、もうひとつジャンプできる。

新たな気持ちで再スタートできる区切り、というのかな……。

だからちょっぴり不安になりそうな時は、これから起こるかもしれない、ステキなことをいっぱい考えよう。想像しよう。

どんな人に会えるかな、何かおもしろいことを発見できるかな、新しい自分を見つけられるかな。

私の人生はますますゆかいに盛りだくさんになっていくんだろうな!

わくわくしよう。

興味を持とう。

積極的に挑戦しよう。

笑顔でいこう。

だいじょうぶ、だいじょうぶ……。

新しいマンションの部屋からは、新宿の高層ビル群や、晴れた日には富士山が見える。

家にこもって仕事をする私のために、ダンナ様が探してくれた。

ありがとう、ダンナ様。お仕事大変だろうけど、これからも楽しくいこうね。

マヨは新しい幼稚園に通いだし、もう新しい友だちの話を楽しげにしてくれる。よかったね。

さて私もがんばろう。

明日は街を探検に行こう。

いいお天気になるといいな♪

28

身体の不調は心の不調？自分と上手につき合っていこう

パチ
パチ
パチ
パチ
パチ
めでたい妹の結婚式である

久しぶりに会った、独身美人OLの友人がふと漏《も》らした。

「私、ストレスで過敏性腸症候群ってヤツみたいなの。困っちゃって」

「本当に？　う〜、そりゃぁつらかろう」

要するに、ところかまわず下痢腹痛が、頻繁《ひんぱん》に起こる状態なのだ。ストレスによる心身症のひとつとして、そういう名前がついたようだけど……。

私は心より同情した。ゲリなんて言葉がおよそ似つかわしくない（似合う人はいないが）美しく上品な容

姿の彼女、どんなにか、苦しい日々を送っていることか……。

「ゲリだってぇ?」なんて、笑ってはいけませんよ。待ったのきかないあのせっぱ詰った状態は、たぶん皆さんも、一度や二度は知っているはず。アレは辛い。そしてちと恥ずかしい。

実は、私も子どものころは、胃腸がじょうぶな方ではなかった。ひたすら腹の痛みと便意と戦いつつ、「ウンチもらすのだけはカンベンしてぇ!」と心で叫びながら、トイレを探した。情けなくも辛い幼い日々の記憶が、そこここに……うぅ。

そんな体質の上に、神経質なところがあったので、OLになるころは、前出の友人のように、深刻な状態になったことも。会社へ行くまでに何度も電車を下車したあげく、遅刻してしまったり、仕事中で忙しいのに、ト

イレから出られなくなってしまったり。

　しかし、若い娘が「ゲリなんです」なんて恥ずかしくていえやしない。気にすれば余計調子は悪くなるし……あれは辛かったなぁ。でも、仕事を辞めたらいつの間にか治っていたっけ。

　この話題になると、「やだぁ、私も実はそうなのよ、安心したわ」なんて人に出会うんです、ホント。

　最近は、小学生にまでまん延してるんだって。あの年ごろだと、さらに深刻なんじゃないかなぁ。

　人間の心と身体は、実に密接に関係しているものなのね。今の社会、心の平和が何より大切です。ハイ。

子育てしていると、子どもが毎日、いいウンチをたっぷりしてくれることが嬉しいよね。食べて出すことは生きる基本。そんな当たり前の営みが、とてもありがたいんだって、ハッと気づく。感謝しなくちゃね。

でも、もし身体《からだ》が悲鳴を上げている時は「だいじょうぶ、だいじょうぶ」って自分を励まして、いいこいいこしてあげましょ。それからふ〜っとお腹で大きな息をして、あとは何も考えずゆっくり眠ろう……ネ。

現在の私、だんだんオバサンになって心身たくましくなってしまったせいか、大変胃腸の調子はよろしく……今日もごはんがおいしいんだわっ♪

29

人は、ひとりじゃ生きてけない。だから、人間関係大事だね

Toilet
地球には、いっぱい人間がいるけれど私の生きる場所で時代で、出会える人は少しだけ…
かあちゃんウンチでたよ～

マヨの新しい幼稚園は、保護者が係を分担して、園の様々な行事に関わっていく方針。

園で顔を合わせる機会が多いので、自然と仲よしになり、グループもできているようだ。

ウチは、十二月という半端な時期に転入したので、なかなかその輪の中に入れなくてオロオロ……。

なんたって、見知らぬ女性の団体ほど、異様なパワーのあるものはないんだぞ。

早速、係の仕事もまわってきて、わけもわからず、走りまわる日々を送っている。

でも、今年度が終わるころには、きっと慣れてくるわよね、と自分を励まし、がんばるのだった。

ちょっと落ち着いて見まわすと、大多数のママの中にちらほらパパの姿、事情があって、パパが出てくる家だってあるもんね。

でも、居場所がなくてとても緊張している感じ……。ガンバレ、ガンバレ！

母親になると、「子どもを通したママ同士のおつき合い」という、ちょっと複雑な人間関係が生まれる。

今までは、自分と相手のことだけを考えていればよかったのに、これに子どもが絡んでくるわけだ。公園デビューとか

いうものからはじまって、しばらくは続いていくこの人間関係。

私のせいで子どもが嫌な思いをしたら……と考えるまじめなママたちにとっては、とても重要だ。お母さんも大変なんだなぁ。

でもこの時期にできた友だちって、一生の友人になることも多いんだって。それもステキだね♪

家族、地域、友人、親戚、学校、職場……、私たちは、死ぬまで様々な人と関わりながら生きていく。だから「人間関係」で悩む人も多い。時には、周りの人が冷たく見えたり、信じられなかったりすることもある。

でもそんな時は、自分自身が冷たい顔や、よそよそしい顔をしていないかチェック。「周囲の人はみな自分の鏡」っていうもの。

Zz…
モーまた寝てるぅ
ウルトラマンのつづきやろうよォ
そんなコトを思ったぽかぽかの日でした。

私が優しい笑顔になれば、周りもきっと変わる。
どんな時も、まずはそこからはじめよう。
幸せな人間関係を作る第一歩は、まず自分から、
なんだよね。

30

子どもと一緒に、ゆっくり、ゆっくり……

せっかちで人の影響を受けやすい性格の私が、マイペースを保てるようになってきたのは、子育てのおかげだ。

子育てには「待つこと」が多い。イライラしても焦っても、子どもは決して、思い通りにはならない。

それは、結婚してまだ子どものいないころの、ハイペースで自由自在な日常生活とは、かけ離れたものかもしれない。

常に子どもと共に行動し、その成長を見守る年月を楽しめればよいけれど、束縛と感じる人も少なくないと思う。

でもその「待つ」時間の中で、私たちはふと、今まで考えなかったこととか、見えなかったものを気づかせてもらえる。

例えば日常の小さなできごと、家族、自然、生きている素晴らしさ……。

個人主義や、物質主義に走りがちな生活の中で、忘れていた感受性をとり戻せるような気がする。

生命を生み、育てることは、時代も国も民族も関係がない。「母の愛」もだ。親として生きる時、私たちは尊い愛の原点である「母（親）の愛」を、理屈でなく肌で知ることができる。

そしてその愛を知ると、自分も両親にいかに愛されてきた

かを、感謝せずにはいられなくなる。

素晴らしいことよね。いつの時代も母があんなに強いのは、揺るぎない「母の愛」を、知っているからかもしれない。

子どもはいらない、という人も多い。でも「人は『愛する』ために生まれてくる」という言葉がある。

それじゃあ、極上の愛である「母の愛」を、体感してみなきゃもったいないというものだ。

もちろん実際に出産をしなくても、マザー・テレサのように「母の愛」をふりそそぐ素晴らしい生き方もあるし、子育て以外の、使命をもって生きている人も同じように尊い。

でも、もしチャンスがあるのなら、親になってみることを私はオススメしたい。たかがひとり産んで育てているだけなので、偉そうなことはいえないが、子育てって実に「面白い」と思うのだ。

子育てを通じて、父となったダンナ様の新しい魅力も発見できた。今まで見てきた彼は何だったのか、と思ったほどだ。

夫婦というのも奥が深い。長い年月の間でいくらでも愛を深めていけるんだな、って嬉しくなった。彼をますます好きになったことも、大きな収穫かナ、なんちゃって。

31

言葉は言霊（ことだま）、生きている。明るい優しい言葉をつかおうヨ！

明るい明るいM子さんのお宅では…
明るい人生は明るい言葉から、さあ今日も一発、行きましょう！
すっ

新聞やTVでは、格差社会とか経営破たんとか、ネガティブでイヤ〜な感じの言葉をよく耳にする。

大会社や政治家の不祥事、やたらハデに報じられる少年たちの事件。「日本に明るい未来はない」なんていう人まで現れる始末だ。

そんな言葉を毎日浴びせられると、本当に不景気で堕落した気分になって、どんどん日本中の生気がなくなっていってしまうじゃないの。みんな素直なんだから……。

だから、こんな時こそ逆に明るい前向きな言葉をたくさんつかって、そのパワーで日本を盛り上げたい。

子育ても同じだね。

「子どもはほめて育てましょう」

植物だって、優しく声をかけたものとそうでないものでは生長に差が出るという。

欠点を言葉に出して注意されると、よくなるどころか、余計にその欠点が気になってしまうものだ。

病気にしても、現象にしても、名前をつけられた途端、それはリアルに存在感をもつ。

世の中のさまざまな事柄は、言葉によって、創られているんじゃないか、なんて思ったりするのだ。

言葉の力はすごい。ならば私も、明るい優しい言葉をいつもつかって、ハッピーな未来を築こう……！

と、今は誓ったりするが、いたずら盛り生意気盛りのマヨを前に、この誓いは守れそうにない。

い、いや、でもね、いつも心に留《と》めていれば、絶対に少しずつでも、よい方へ変わっていくんじゃないかなぁ。

だから、たくさんの人がこんな思いで言葉をつかうなら、世界も今より、もっと素晴らしく実現されていくのだと思います。ハイ。

「言霊《ことだま》の幸《さきは》う国」

本をめくっていたら、こんな言葉を見つけた。言葉の力によって幸福になる国という意味で、日本の美称（ほめた呼び方）である、と書かれていた。

32

よい方へよい方へ、「願い」はきっと、一番よい形で叶えられていく

おしとやかで物静かな美女Kさんに
男の子誕生♪
Kさんに待望の赤ちゃんが授かった

Kさんは長いこと、不妊症の治療を続けていた。さまざまな投薬治療や、何度もトライした人工授精……、それでもなかなか赤ちゃんには恵まれなかった。

不妊治療のつらさはよく話に聞く。辛抱強い彼女でも、人工授精が失敗するたび、家から出られなくなるほど、ひどく落ち込んでいた。

なんとか元気を出してほしいと思っても、私にはうまく励ますことができなくて、ただ、Kさんがあれほどに願っている赤ちゃんが、必ず授かることを、そしてママになったKさんの姿を心に描いて、一緒に

祈っていた。

そのころ、彼女はあまりじょうぶな方ではなく、積極的に外へ出て、活動することはなかったが、調子のよい時は、よくひとりでマンションの周りのごみ拾いをして歩いていた。

ご家族やご先祖様を大切にするところ、穏やかで人の悪口をいわないところ、とにかく私には見習うべきところの多い、心のきれいな人なのだ。

そんな彼女の純粋な願いが叶わないはずないぞォ〜と、私は思っていた。

しばらくして、Kさん夫妻は一戸建てを建てることになった。土地は、彼女の祖父母が耕してきた、畑のあった場所。

長い不妊治療に煮詰まっていた彼女には、よい環境の変化だった。ご先祖様の土地に住んで、なんだか守られてい

るような安心感を得たからか、彼女は少しふっくらとして、明るくなったみたいだ。

そして不妊治療はお休みして、ペットを飼ったり趣味の習いごとをしたり、優しいご主人とともに生活を楽しみながら、赤ちゃんの授かる日を、明るく信じて毎日を送っていた。

安心した気持ちになって、そのことばかりに執着《しゅうじゃく》しなくなったのが、よかったのかも知れない。一年半後、なんと彼女は人工授精ではなく、自然に赤ちゃんを妊娠したのだった。

それから数年、二人のお子さんに恵まれた彼女は、元気に忙しくお母さんをやっている。

「子育てって大変ね。でもとても幸せ♪

今思うと、私にはあの時期に、子どもを授かるのが一番よかったのだと思えるの。私自身がそこまで成長するのを、子どもたちは待っていてくれたのよね」

赤ちゃんは、親を選んで生まれてきてくれるという。ずっと前から、彼女の周りには、赤ちゃんがちゃんときてくれていて、優しく彼女の学ぶ姿を、見守っていてくれたのだと思うのだ……。

2年後♪
こらあ
Kさん
コウちゃんパンツ、はきなさ〜い
ドタ
ドタ
バタ
バタ
うっそ〜

誰でも「願い」は、一番よい時に「叶う時期」がやってくる。

その時期や形は人それぞれ違うのだ。

もしもそれが叶わないのならば、きっとそれ以上に大切なものがほかにあって、あなたがそれに気づくのを、神さまはどこかで、見守ってくださっているのかもしれない。

だから、何も心配することはないのだよね♪

女性は
母になると
変わるのネ
バリバリ
元気ママの
Kさんも
とてもステキ
だと私は思う
しっしっしっ

33

CO₂問題も運動不足も、これで解決？　今日は自転車でゴー！

日ようび
晴れたら　今日も
サイクリング
今日は
自転車？
くるま？
自転車！

東京へ引っ越してからのえんどう家では、自転車が流行《はや》っている。

きっかけは「東京は車が多すぎる」「道が狭い」こと。

近くの環七や環八といった幹線道路の渋滞にはまっていると、「ああ、私たちは地球を汚している」という極悪人のような気持ちに、ドップリと浸ってしまう。

それに全国でも道が広いと有名な、名古屋での車生活に慣れていた私にとっては、東京都区内の住宅街の運転は、ほとんどナミダもの。

「どうしてこんな所をトラックが」とか、「そこのおばあさん、危ないったらぁ！」などと叫びながら、そこまで買物に行っただけで、もうクタクタだ。え〜ん、センターラインのない道は怖いんだよぉ。

しかし、ふと気づくと東京は自転車が多い。駅の周りなど、いつかTVで見た中国の通勤風景のようだ。
「そうか、もしかして、自転車の方が便利だったりして。それに環境保全にも役立つし、運動不足にも、ダイエットにもいいし……」
そんなわけで自転車。それもマウンテンバイクなどというものではなく、ママ

よう。ステキな公園やお店を発見できたらラッキー！　車じゃ、ちょっと寄ってみようってわけにはいかないもんね。

それに、ママチャリでのサイクリングは、子チャリ。補助イスに子どもを乗せて、さぁ、出発。アップダウンの少ない道なら、子連れでも片道七、八キロはラクラクいける。

いや〜、これが快適快適。気のむくままフラフラ……、今まで見逃してたいろんなものも見える。行ったことのない路地も、ちょっと覗《のぞ》いてみ

どもと歌を歌ったり、話をしたり楽しい。前につけるタイプの補助イスだと、大人の腕の間にスッポリ入って、子どもと一緒の目線で景色を見る感じになる。

これがまたいいのだ。車だと後ろの座席で寝てばかりのマヨも、自転車では「あの街路樹は、すずかけのきだよ」とか「この道、気持ちいいねぇ」とかよくしゃべる。

一時停止して塀の上の猫をなでたり、坂道を下る時は、ジェットコースターみたいにきゃあきゃあ。こんなの、子どもが補助イスに座れる今だけだ。雨に降られて雨宿りもまた、ちょっとした冒険気分で盛り上がる。

皆さんも、自転車で出かけてみませんか？

34

生命を、子どもを育てるのは、「私」ではないのだと思うのです

かあちゃーん
んー
カチャカチャ
子どもの興味というのは、実にユニークである

「人並みに、普通に」昔からそうだが、親というものは、こんな発想をしがちだ。

私たち今の母親は特に過敏になっているのか、離乳、オムツはずし、友だち作り、おけいこごとや成績……、み〜んな人と比べて一喜一憂することが多い。

子どもがちょっと他の子と違うと、すぐ「親の責任」という言葉が出てくる世の中だもの。

でも周りを意識しすぎて、心配したり束縛しすぎたり押しつけたり、子どものためにしているはずのことが、本当にそうなのかわからないこ

ともある。

偏差値教育の中で育った私たちは、自分自身も「せめて平均点の母親」でありたいのかもしれない。

子どもを産む前、私は赤ちゃんの抱き方さえ知らなかった。そんなアブナイ母親の元でも、それなりにちゃんと子どもは育つ。すごいことだ。

つくづくこれは、「私」という人間の力で育てているんじゃないなぁ、と感動する。

たとえどんなに「私の子だ」って、愛し育てているつもりでも、二十四時間眠らず子どもを監視して、守り続けることはできない。

生かされ、生きているのはこの子の生命で、自立していくのは、この子自身なんだよねぇ。

縁あって親となったのだから、目の前で変わっていくこの子をよ〜く見てさわって観察して、その時その時できることを、一緒に楽しんじゃおう。

そして何か必要だったら手を貸そう。人と比べるより、子どもをまっすぐ見ていられる生き方ができたらいいな。子も親も、自分らしく生きることが大切だし、それが一番自然で楽しいと思うのですよ。

いつのまにかマヨも四歳。ぐうたらで無知な私の元でも、時期がきたらオムツもとれ、勝手にお箸を使うようになり、読み書きをするようになった。

私たちは「ほ～ぉ、すごい、すごい」とほめてるだけ。大人が先まわりして心配しなくても、子どもはその無限の力で吸収して、どんどん大きくなっていくんだね。

そのマヨの幼稚園での評判は、「ちょっと変わっていておもしろい」だそうだ。どういう意味かしら……。マヨ本人に、幼稚園はどうかと尋ねてみたら、

「と～っても楽しい！」だって。

まぁ、それならいいか……。

35

夫婦というのは、ホントにうまく、できているものだ

ダンナ様は普段、とても温和な人である
ねェ♥ マヨちゃんのパパってすごく優しそうねー
うん、とっても

ウチのダンナ様は、優しいけど怒ると誰より怖い。このまま行くと、将来の頑固ジジィは、間違いない。

でもその代わり、非常に意志が強い。一度こうと決めたら、何があってもやり通す根性の持ち主だ。

以前も、資格試験を受けるために「毎日会社から帰ったら二時間勉強する！」と宣言し、それから二年間、盆と正月を除いてやり抜いて、見事、ストレートで試験をパスしたということがあった。

は〜、ワタシにゃできない。ヘビースモーカーだったのに、「禁煙

する！」と宣言して以来、ぱったりやめたなんてこともあった。

今は身体《からだ》のためにと日々、夕食前のトレーニングを欠かさない彼である。私はそういう彼を尊敬している。

まぁ、たまに「そこまでやんなくても……」といいたくなるほど、意地になってやってる時もあるんだけどさ……。

一方、私は優柔不断で根性なしである。いや、よくいえば、優しく臨機応変に生きているといえなくもないが（ちと苦しいか……）。

この世に生きる上で、意志の強さと根性は必要な

時も多いので、私は彼に学ぶことが多いのだ。

そんな私たち、夫婦でいるうちに、優柔不断な私はいくらか筋の通った人間になり、頑固な彼は少し柔軟になり……時間のたつうちに、互いに影響しあって少しずつ、性格のデコボコが合わさるように丸くなってきたみたい。

やっぱり私たちは半分と半分で、出会うべくして出会ったのだと思ったりする。

マヨはダンナ様に、顔も性格も似ている。いや、ちょっとお調子者が入っているあたりは私の血か……。

家族が増えて、また幸せの形も膨《ふく》らんでいる。

私の仕事が終わると、ダンナ様はよく肩をもんでくれる。

汗をかきかき、こちらが申しわけなくなるほど一所懸命《いっしょけんめい》に。ありがたいので、お返しに私も、と思うのだが、彼はチョンとさわっただけで、隣りの部屋まで「うけけ～っ！」なんて飛んでいってしまうほどのくすぐったがりやなので、いつも私だけ。

今日も肩をもまれながら、感謝と幸福に包まれていつのまにか私は眠りコケる……、あ～、このヒトと結婚してよかったぁ……。

39度
自己処罰
でも本来心優しい彼は
慣れないことをすると
寝こんでしまうのだった。
あは

36

ステキに歳を重ねること、それが目標です

電車を待つホームにて…
アキカンいっぱい落ちてるね
うん…

ボケ～ッとしていた。ここのところ忙しかったからかな、今日は何もしたくない……。

世の中には、もっともっとがんばっている人もいるのに、ボケ～ッとしていられるなんていいご身分よねぇ、と思いつつもため息をつき、ついお菓子に手が伸びる。ああっ、イカン……。

なんてことをしているうちに、午前保育のマヨが帰ってくる時間になってしまった。

さて、午後はどうしようかな……、今日は人に会うとグチっぽくなりそうだしなぁ。

ということで、マヨと二人、電車でデートすることに。まだ降りたことのない四つ先の駅で降りて、ドーナツ屋さんでメロンソーダを飲む。

舌が緑色になるのがおかしくて、ふたりでアカンベーをして遊んでいたら、斜め前の二人連れに笑われた。

「笑顔がかわいいお嬢ちゃん。大きな声で笑えるのって、幸せなことよね」

声をかけてくれた、年輩の母親らしき女性の笑顔がとてもステキで優しくて、ちょっと照れてしまった。一緒にいるのは息子さんかしら。

気づかなかったけど、車イスに乗った彼の頭には大きな傷跡が……。不自由そうな手でお粥《かゆ》をゆっくり、ゆっくりすする。その方は優しく、本当に優しく微笑みながら、それを見守っておられた。

「お先に失礼します」

でもサー
もしかして
あのお兄さん、
とっても急いでて
捨てるの
うっかり忘れ
ちゃったのかもョ
おしっこ
もれそうだった
のかなー？
時々
まにあわなくて
もらす
そうかも…
ハハハ

「さようなら」

店を出る時に、また目が合ったので、私たちはお互い笑顔で挨拶をした。それだけのことだったが、なんだか嬉しかった。

ステキな年上の女性に会えると嬉しい。見てくれの美は、化粧やおしゃれなどでなんとかできる、けど限界はある。

でも、内面からあふれるような美は、限りなく、歳をとってなお輝いて見える。だが、それはそう簡単に身につけられるものではない。

後光が射すとか花びらが舞うとか、う～ん、うまくいえないけどそういう「美しい」年上の女性に出会うたび、私は歳を重ねるのが楽しみになる。

「ああ、あんなふうにステキな女性になりたい」

人生の厚みも深みもまだまだ足りない私。もっともっと心を美しく磨かねばと、思わず背筋を伸ばすのだった。

帰り道、マヨとゴミを拾いながら歩いた。私の心の中のゴミも一緒に、くずかごに捨てながら……。

37

親子って不思議で、いいもんです

母と娘の会話――
ねぇ～
はい？
理想世界

東京へ引っ越してきて、久しぶりに、両親の家へ日帰りできる距離に住むことになった。十代の時に親元を離れて以来である。

今まで一年に一度くらいしか会えなかった二人と、たびたび会えるようになって、「ああ、この人たちも変わったんだなぁ」などと年月の流れを感じてしまうのだ。

昭和十年代生まれの私の両親は、まことに喜ばしいことに二人とも大変元気。

父は仲間と旅行だの、銀座で会合だの、と相変わらずの遊び好きだ。

先日ビールケースを持ち上げて腰

を傷めたなどと、珍しいことをいっていたが、すぐに治ってまた遊びに出ている。

母は母で、まさに青春をとり戻せとばかり、家になどいやしない。今が人生の華か、というくらい充実して幸せそうだ。

ま、とにかく明るく元気なのはいいことヨ。

離れて住んでいる間、両親に心から感謝していたか？　と考えると、なかなかそうだとはいいきれない。小さなことを思い出しては、どこかで責めていたのかもしれない。

けれど、いつのまにか、私自身も、思い出の中の両親と、さしてかわらない年齢になっていた。

あのころ、完璧で成熟した大人だと思っていた三十代は、

なってみるとまだあまりにも未熟で頼りない。

甘ったれでわがままな私は、たかがひとりの子育てで時にヒ～ヒ～いいながら、自分自身さえも、もてあましぎみにあのころの父母と同じように、毎日懸命に生きている。

そんなことでも、気づいてよかった。気づくまで、両親が生きていてくれてよかった。近くに戻ってこられてよかった。

でも、私のこんな思いなどはるかに超越して、親の愛は、何倍も深く、いつもずっと、包んでくれていたんだよね……。

大人になって、偉そうなことをいっても、私は父母におしりをペロンと見せて、おむつを替えてもらったんだもんねぇ。

はい、かないませんヨ。そんでもって、何より私は、この人たちの子どもになることを選んでこの世に生まれてきたんだもの。

今、ここに存在していられること、感謝せずにはいられません。……とPCで文章を打つ私を、横でマヨが覗《のぞ》いている。

あなたは、あなたの選んだ母（私）の姿を、どんなふうに見ているのでしょうねぇ……。

そうかしら…♡
♡…
愛する、ワタシのお母さんはとても素直でカワイイ女性です♡
けけっ

38

越後の駅の待合室で、「幸せなおかあちゃん」をかみしめた日でした

マヨもこの頃
交遊が活発に
なってきた
そっか…
今日は友だちを
呼ぶ約束して
たんだった…
こんにちはー
ワイ
ワイ
どーぞ
ワイ
ワイ

今、私は越後湯沢の駅の近くにいる。他には誰もいない。時々向こうで売店のおばさんが、暇そうにしているのが見える。

東京からずっと雨降りだったのに、トンネルを抜けたら、そこはぬけるような青空！　あまりにきれいで、ひとりで見てるのはもったいない……。

え？　なんでそんなとこにいるのかって？　三日前、佐渡へ行ったマヨを迎えにきたのである。

東京と佐渡、お互い日帰りができて電車の連絡がよい所で、ということでここで待ち合わせているのだ。

ここのところ私はピンチだった。仕事ができない。貴重な時間だったマヨのお昼寝タイムは、すっかり消滅したし、幼稚園の行事やおつき合いは増えて、私の仕事時間はますます圧迫されている。

こんなハズじゃなかったという焦りからか、「遊ぼう、遊ぼう」とまとわりつくマヨに対して、うるさがったり邪険にしてしまったり……。

そんなある日のこと、姑が遊びにきて、その帰りにマヨが佐渡へついて行った。

舅姑は喜んでくれるし、田舎の好きなマヨのことだから心配はしないが……。

姑は「この間にゆっくり仕事しなさいよ」とありがたいお言葉。

ラッキー！　マヨがいない。

よぉし、それじゃ仕事をテキパキ片づけて……と心躍るはずが、どうもおかしい。

胸にぽっかりと穴のあいたような……。それで妙にそわそわして。

そう、私の方が淋しいのだ。だってマヨを産んで以来、こんなに離れたことないんだもん。

今ひとつ集中力を欠いてロクな仕事もできず、ボ〜ッと家事。

やっと落ち着いてきたら、もう帰ってくる日になった。何やってんだか。

結局、私はなんだかんだいっても、マヨを周りでちょろちょろさせながら、ぐちゃぐちゃな部屋の中で「あ〜、忙しい忙しい」なんて仕事するのが、結構幸せなんだ。

子どもなんてすぐ大きくなってしまう。実は一生のうちでも最も幸福な、とても短く大切な時を今、過ごさせてもらっているのかもしれないなぁ。

てなことで越後湯沢。静かだな〜。

いや、なんだか、すがすがしい空気に、心洗われるような。

もうすぐマヨの乗った電車が着く。帰りはいっぱい抱っこして、土産話を聞きながらにこにこ帰ろう。

明るくてほめ上手の
Hさんの行く所は
笑い声が絶えないのデス

39

あこがれのあの人は、みんなを幸せにする言葉の魔術師？

みんなに慕われている、Hさんという知人がいる。彼女はめちゃくちゃ明るい。

「ま～ァ、あなたがえんどうさんネ！　よろしくぅ」

はじめてお会いした時から、そのテンションの高さに私は目がまわりそうだった。赤ちゃんを背中におぶってくるくるよく動き、カラカラとよく笑う。クサイようだが、まるで太陽のよう、という表現がぴったりなのだ。

聞けば四人のお子さんがいて、おばあちゃんの介護もしていらっしゃるとか。わぁ……大変そう……。で

そこのまっ赤できれいなトマトくださいな
こんにちは
トマトね。安くしとくよ

も、すごく元気なのだ。

それに失礼ながら、確か私よりいくつか年上でいらっしゃるはず……なのに、子育て疲れどころか、お世辞抜きで美しい。

お肌つやつや、おめめキラリンって感じなんだもん。

どぉして、どぉして？

Hさんは、ほめ上手だ。

誰と話すときも、ちょっとしたその人のよいところを見つけて、その何倍もほめてくれる。

それがとても素直に感動してほめてくれるので、嫌味がなく、実にさわやかな感じがするのである。

まぁー おじさん。黒沢年雄そっくりのシブくていいお声ー♡
え？ そ そうかい？
ヤオ
大根50円
いつもクソジジィとしか言われないのにネー フフフ…
ほほほ
いや照れるなァ♡
おまけ
私って素直なもんで、思ったコトがすぐ口に出るの！

こんにちはー
あら髪切ったのネ
黒木瞳みたいで
ステキよー
こんにちはー
この前いただいた
いちご大福
すっごく
おいしかった
ありがとう
そう？
よかったー
もー、みんなで
取り合いに
なっちゃってネ

もちろんほめられた方はハッピー。それだけじゃない。

「注意や助言をされる時も、彼女にいわれると全然嫌な感じがしないの」

周りの人はそんな風にいう。なぜだろう。

彼女がいっていた。

「人と接する時は〝この人はいい人だ〟いう気持ちでいつも接しているの。

そうすると、初対面でもすれ違っただけの人でも、皆、兄弟姉妹のような懐かしい、慕わしい感じがして……」

そう、彼女の言葉には愛があるのだ。

肉親のような慕わしい温かさがあるから、ほめる言葉も、助言の言葉も素直に心に響くんだなア……。

私たちが何かを話す時、それが仕事の上でもプライベートでも、いいことでもそうじゃなくても、相手に対しての愛から出てくる言葉であるといい。カッコつけなくても、上手じゃなくても、それだけ心に留《と》めておけば、人間関係で悩むことはきっと無くなるはず……、私は、Hさんに会って、そう感じた。

40

パパとママがラブラブハッピーだと、子どもって本当に嬉しいんだよネ

お友だちの家で
ねぇ、パパ、
パパ
純真な子供の突然の質問にもうろたえぬよう、日頃からの愛情表現は大切です♡

マヨの通う幼稚園の年中の女の子たちは、「結婚」の話が大好きだ。女の子って、こんなに小さい時からこういう話題に興味があるんだなぁ。

最近は、その興味が自分の親たちに向かっているらしく、幼稚園では、各家庭の夫婦の観察報告が盛んだそうだ。ゲゲッ、なんてこと……。

子どもは実に親のことを見ている。親の私たちが子どもを見ているつもりになっているが、その何倍もピュアな目で、子どもは親を通して、人間というものを学んで

いるのだと思う。

親が毎日を楽しんで明るく生きていれば、子どももきっと楽観的な明るい子になる。「子を見れば親がわかる」というように、言葉づかいもしぐさも、考え方さえそっくりになったりするものだ。

例えば家庭内で、妻に夫を軽んじる気持ちがあれば、子どもはすぐに気づいて同じようにする。

不満気な表情も、ちょっとした文句も、逃さずチェックしている。思い出してみれば、あなたもそうだったはず。

子どももなんだから、何もわからないだろう、なんてダンナの悪口なんかいっ

その夜
とうちゃんはかあちゃんと結婚する時どう思った?
え……?

てはいけないゾ〜。

彼らは予想以上に何でもわかっている。

子どもにとって、大好きなお父さんとお母さんは世界の中心。そのお父さんとお母さんが愛し合っていることを確認することは、彼らの住む世界の平和と安泰《あんたい》を確かめるようなものだ。

「お父さんはどうしてお母さんと結婚したの?」

う〜ん、この前まで赤ちゃんだと思っていた娘に突然聞かれたら、ドキッとするかも。

どこで示し合わせたのか、あっちの家でもこっちの家でも、パパに似たような質問が飛んでいた。そしてどこのパパも非常に照れて、逃げたりはぐらかしたり……、もう、日本の男の人って、どうしてこう照れ屋なんでしょ。

そんでもって、なんでママじゃなく、パパに質問が殺到したのかしら。案外彼女たち、純な

パパをからかって楽しんでいたのでは……？

ためしに恥ずかしがらないで、

「パパはママをとても愛しているから結婚したんだよ。とても愛し合っているから、かわいい○○ちゃんが生まれたんだよ」

なんて答えてみたら、子どもはどんな顔をするかな。

私たち、お互いのためにも、たまには新婚のころを思い出して、言葉や気持ちを表現してみるといいよね。

幼稚園の帰り道——
ポト
あれ?

41

あっちにもこっちにも、優しい気持ちが出番を待っている、人は優しい存在だね

何年か前「ヘブンズ・パスポート」なるモノが流行《はや》ったことがあった。

ひとつよいことをしたら、シールを一枚ずつ貼っていき、それが百枚集まったら願いが叶う、という手帳である。

私は何だか嬉しかった。

現代社会は思いやりや優しさが欠けているといわれるけど、こんなモノが流行るのって……、そう、本当は皆優しいのよ。

人間って、善いことがしたいのよ。誰かの役に立ちたいのよ。

自分の願いを叶えるため、という建前はあるけれど、いや、あるから

こそ、これなら堂々と善いことがしちゃえる。
それに本当に善いことした、って思えなきゃ、願いが叶う気がしないものねぇ。
これ、考えたヒトはすごい！　発売した企業もエライ！　そしてそれが流行っちゃうなんて、結構世の中はいいヤツが多いんだ。うん、うん。
なぜだか知らないけど、私たちの周りでは、正しかったり、まじめだったりすることで、善人ぶってるなんていわれたり、逆に傷つけられてしまったりすることがある。

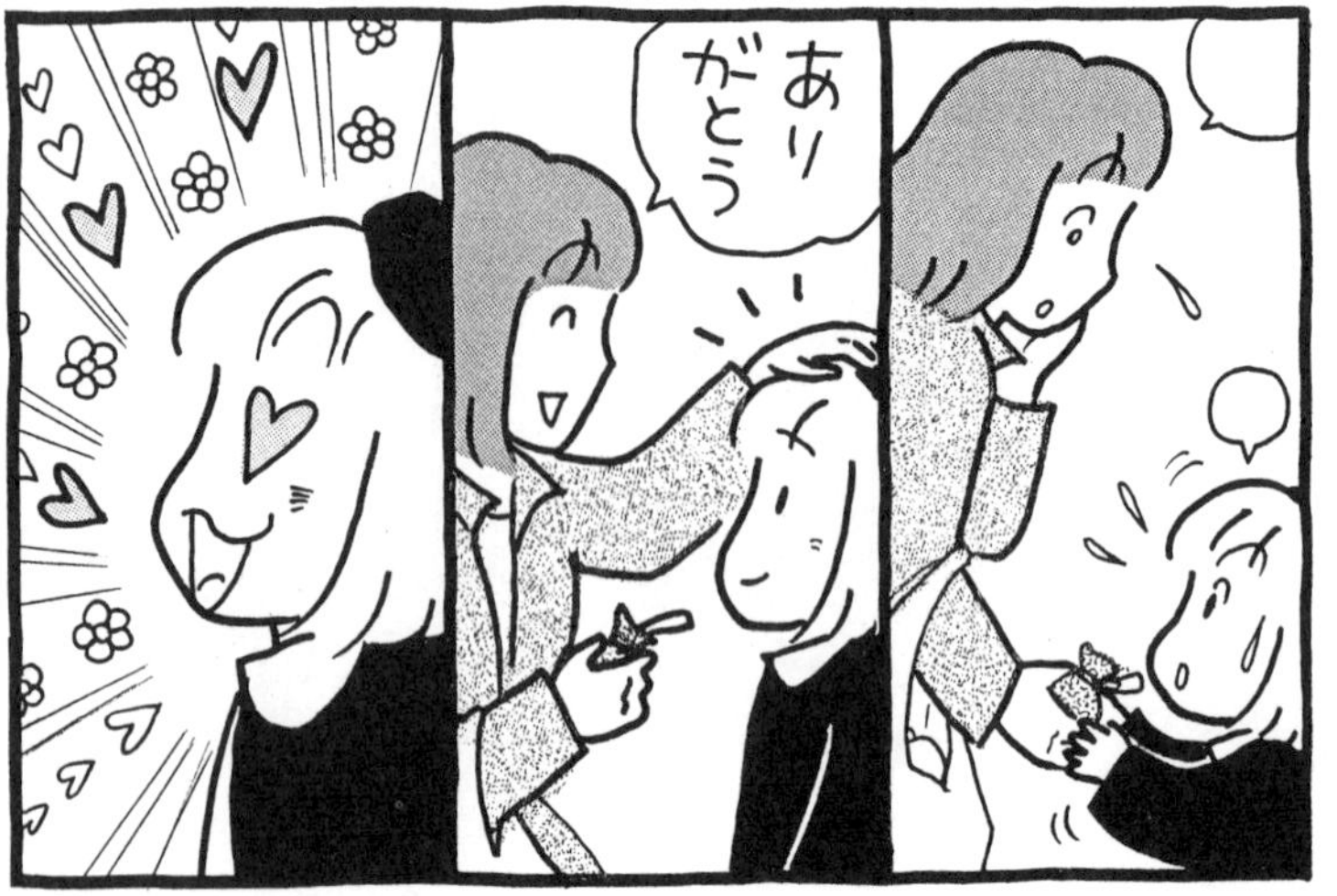

でもね、人は本来、皆善人なのだと思うのです。だから、深切《しんせつ》をしたり、善いことをしたいのは、本能的なことなんじゃないかなぁ。

本当は皆、心の中ではわかっているんだよね。だけど、なぜか善いことをするのって、勇気がいったりするんだ。

街をきれいに。

困っている人には深切にしよう。

きっとみんな子どものころ教わった、どれも当たり前で、気持ちのいいこと。

善いことは気持ちがいい。

誰かに「ありがとう」といわれた時の嬉しい気持ちは極上だ。

いわれなくても、自分の心がすっきりとして、満たされた時、それは、何より気持ちがいいんだ。

小さな子供だって
誰かの役に立つ
ことが、こんなに
嬉しいんだなァ♥
しすっ
ぴょん

流行は過ぎても、私たちの心の中には「ヘブンズ・パスポート」がいつもある。
かけられた願いは……、理屈を超えた魂の本当の幸福……なんてモノじゃないかなぁ？

42

家庭も子育ても自分も……ママは、パワフルでかっこいい！

ミセスだって
いろいろやって
自分を向上させ
たいと思うのダ
うーん
私もまた
絵の勉強
したいなァ
ガー

「久しぶりに会わない？」と電話があって、私は彼女を東京駅へ迎えに出かけた。

相変わらず、スリムでキリッとした横顔……、私に気づくと、嬉しそうに「メイクアップアーチスト」と書かれた名刺を見せてくれた。

結婚してからメイクの勉強をはじめた彼女。出産や子育てをしながらコツコツがんばって、ついに仕事が貰えるように。

そのうえ、なんと女性企業家コンテストで入賞して、これから表彰式に参加するために、名古屋から上京してきたんです。すご〜い！

ちゃわんむし
はい？
ここにセザンヌのことが書いてあるヨ
あ、とっといてー

二年ぶりに会った彼女と、二時間ばかり話をした。一分一秒が惜しいくらい、機関銃みたいにしゃべっていたのではないかしらん。

三歳になった坊やが、すごく元気でかわいいこと、保育園選びのこと、軌道に乗ってきた仕事がどんなに楽しいか、ということ……。

今回の企画書作りもご主人と共同作業だとか。おかげでますますラブラブなんだって。うわぁ、いいねぇ！

「あ～、受賞のスピーチもあるのよ。緊張しちゃう」なんていってたけど、しっかりランチはたいらげたね。やっぱり大物だわ……。

食事の後は、坊やのおみやげ選び。彼が大好きだという、ウルトラマンのショップに案内すると、目を輝かせて、

ナニナニ？
「セザンヌは窓辺に置いたりんごを腐りゆくがままにしておきその姿を観察したー」
芸術家ちゅーのはおもしろいことをするなぁ、
えっ！それじゃアタシと同じじゃない
バナナたべるー
え？

「これはどう？　まだ、はやいかなぁ？」

こんな時にも、子どものことを考えてしまう「お母さん」ってなんかいいなァ……。

あっという間に時間は過ぎ、東京に不慣れな彼女を、ホームまでくっついていって見送った。

「きてくれてありがとう。元気でね」

「声をかけてくれてありがとう。あなたも元気でね……」

手を振りながら、「よぉし、私もがんばろうっ」……って、気持ちになった。

私たちミセスだって、ビジネスに限らず、やりたいことや夢は、いっぱいありますよね。人間は向上したい生き物なのだから、当たり前。

今はできない、落ち着いてから、なんてあきらめてちゃもったいない。おおげさに考えなくてもいいんだよ。一日五分でも、今日から何か続けてみない？　ひとりの人間として目標をもって「何か」をしている女性は、どこかいきいきして、ステキだと私は思う。

夫だって、子どもだって、いきいき毎日を喜んで生きているママは、魅力的に見えるはず。

「思い立ったが吉日」、そんな言葉を思い出しながら、今、せっせと家事を片づけている。

さぁて、これが終わったら、何からはじめようかな……？

43

私は幸せなお嫁さん

初めて
ダンナ様の実家
の佐渡へ行った
時のこと…
風と波の音が
怖くてねむれない…
ガタ
ガタ
ガタ

結婚してはじめて、夫の実家の佐渡へ行った時、夫の家族はそれは温かく、私を迎えてくれた。

海の町にきたんだからと、おいしい魚を探して、一所懸命《いっしょけんめい》ごちそうを用意してくれた姑は、「娘を貰って家族が増えるなんて、これ以上の幸せはない」と目を潤ませて、心から喜んでくれた。

嬉しくて幸せで、帰りの船では涙が止まらなかったのを覚えている。

なぁんにもできない私、せめて「バカだけどかわいい嫁」と呼ばれるようがんばろう、と心に誓ったのであった。

姑は、早くに父親を亡くし、貧しく苦労して、育った。家庭に恵まれなかったため、「家族」を何より大切にしているといっていた。

だから、嫁の私に対する気持ちも、格別だったのかもしれない。彼女は、私にいろいろなことを、話してくれた。家の中の話はもちろん、自分自身についても。

好きなこと、嫌いなこと、これからの夢。

彼女は自然を愛するロマンチストである。季節の草花を愛《め》でて、風の音に耳を澄ませ、自然から与えられる山の幸、海の幸を食卓に並べる。

そんな暮らしも愛している。私はそんな彼女に、とても

↑ 佐渡は大陸に近いのだ

魅力を感じた。

しかし、お互い遠くに離れていると、何かと行き違いもあり、ものすごい大ゲンカになったことも。世代や考え方の違いだってある。

でも何があっても姑の愛情は変わりなく、私もますます、姑を理解したいと思うようになっていた。

今年の夏は、久しぶりに佐渡でゆっくり過ごした。転勤や引っ越しで、落ち着かない生活をしていたからか、夫の実家に着いて、ホッとしている自分に驚く。

食卓は変わらず島のごちそう……ワ～イ。

そして変わらず私は魚も満足におろせず、姑に手ほどきしていただくのだった、とほほ……。

「ダンナ様のお母さん」として接していた姑は、いつのまにか私自身にとっても、本当に大切な人になっていた。

そこまで深く関わってくれようとしたことに感謝した。

あぁそうだ、姑は本当の母子になろうとしてくれていたのだ。帰りの船で、涙が出た。はじめてきた時を思い出し、また涙が出た。

もうすぐお正月。たぶん今年も佐渡へ行く。

毎度毎度、おせちの作り方を忘れている私でも、十数年間担当している伊達巻《だてまき》の焼き方は覚えたぞ！　でもこれじゃエンドウ家のおせちを全部覚えるまで、あと何年かかるだろう？

おかあさぁん、まだまだ長生きして下さいと、バカ嫁は思うのだった。

ネコにまで 面倒を みてもらう 情けない 嫁であった
まったく 世話のやける…
このご恩は 忘れません…

44

幸福な〝思い込み（？）〟の種を増やしていこう

わーステキなおうちー♡
一戸建 5LDK
広いお庭の豪華2
○○不動産
どこまでも楽天的で夢の多いえんどう家である

「あなたの名前はね、ゼッタイ食べるのに困らない名前なのよ」

「眉がきれいだね。そういう眉の人は、たくさんの人が助けてくれるよ」

「そのホクロは、いい家に恵まれるホクロよ」

ちょっと、浮世ばなれした性格の私の母は、占いが得意で、今でも私の顔を見るたび、そんなことをいってくれる。「ふ～ん、そうなの」と聞いていたけれど、どんなことでも〝よいこと〟をいわれるのは嬉しいものだ。

母は、ありがたいことに、いつも

こんな広いお庭の家に住んだらね!
バラのアーチを作って
お庭にハーブを植えてね〜

アロエさえも枯らすちゃわんむしが……?
バラですと?
ふっ

善い言葉だけを繰り返してくれる。私自身、苦手なことや欠点もあったし、人相だって名前だって弱い所もあるし、そもそも「占い」なんてもの自体、非常に不確かなものだといえるかもしれない。

それでも、母が呪文のように繰り返してくれる様々な〝ダイジョブなんだよ〟は私の潜在意識の中に組み込まれていくのだ。子どものころの私は、気弱でネクラなタイプだった。

ところが母がそんなことをいうようになってから、いつのまにか自分でも気づかないうちに、「私は運がいい、どうしてといわれるとわからないが、とにかくだいじょうぶなのさ、ハハハ」と思い込んでいる楽天的人間になっていたのだ。

そして、そう思いはじめてからの私の人生は運がいい。ホントである。

母は、躾《しつけ》らしい躾をしなかったという。でも、もっと大切な〝善い言葉〟を浴びせてくれた。

それは気の弱い私が、きちんと前を向いて生きていけるよう与えてくれた、何よりの愛情であったのだと、深く感謝している。

親の言葉というのは、他の誰の言葉よりも深く胸に刻まれて、潜在意識の中で生き続ける。

私は親に対して素直な方ではなかったが、それでも親がいってくれた数々の言葉は、今でもずっと私の心の中で、お守りのように繰り返されているのだ。

私も子どもに善い言葉をたくさんふり注いで、ステキな言葉のお守りをあげられるといいな。

できないことやないものを嘆くより、今できること、あるものへの感謝や喜びを言葉にしよう。自分自身にも夫にも子どもにも。

そして毎日毎日、幸せな思い込みの種をまいて、増やしていったなら、ウフフ……未来はバラ色ってヤツじゃないでしょうか。

いいじゃない ねーえ 夢くらい
夢はえがくことでかなうって言うのよー
そー！ ウチはお金持ちになるんだよねー
いーや ゆいは現実的なの！
まずは宝くじで3億円を当てることだ
必勝宝くじ
この売場がよく当たるガイド付
それが一番現実ばなれしてると思うんですけど……

45

う〜ん、お母さんって偉い！　目からウロコぼろぼろ……の毎日です

幼稚園にはいろんなママがいる
幼稚園はたのしいよ〜♥

今マヨが通っている幼稚園は、行事やら何やらと、保護者がやたらに園へ顔を出す機会が多い。

例えばある週など、月曜…プール当番、火曜…保育参観、水曜…クラス親睦《しんぼく》会、金曜…役員会議（私は役員である）、という具合いにほとんど幼稚園へ出向き、同じような顔ぶれの中で過ごすこともある。

おまけに幼稚園というのは、お迎えがある。これは子どもが休まない限り毎日。

またママたちと顔を合わす。合わせればニコニコとご挨拶もしよう。しかし挨拶だけで、サッと帰れれば

エライわぁ 16でママになったのねー
Rちゃんママ 21歳 下にも赤ちゃんがいる
みんな年上ばっかりできんちょーするぅ
オシャレ
おちついていらっしゃるー
Mちゃんママ 48歳
とても皆さんのような若者にはついていけないワ〜
経験豊かそう…
4人の子持ち 4世代同居のYくんママ
高・中・小・幼ってまたがってるから忙しくてねー

まだよい。

子どもは元気である。まだまだ遊び足りない。親の気も知らず、カバンを脱ぎ捨てて、お友だちと一緒に園庭へと走り去ってしまう……。とほほ。

東京二十三区内にありながら、マヨの通う幼稚園は園庭が広い。保育室前の第一、芝生広場に大型遊具のある第二とあるうえに、同じ敷地内には、これまた広い園長先生のお宅もあり、孔雀《くじゃく》やアヒルや亀なんかもいる。

野猿のようなわが娘にとっては、本当にいい遊び場である。私もどろんこになって遊ぶのには賛成だ。

が、子どもが遊んでいる間、またもや他のママたちと共に、それを見守らなければならない。

……苦痛なのである。共にいるからには、何かしらお話い、なぞして楽しく過ごそうと思うのだが、あんまり毎日会っているので、そう話すこともない。

盛り上がるのは、たいがいうわさ話だったりするのだが、それもちょっとねぇ。気の弱い私は、毎日ドッサリ疲れてしまうのだった。は～知らなかった、こんな世界。

園児は全部で三百五十人。母親も三百人はいるわけだ。その中では様々な、人間関係が繰り広げられているんだなぁ。

私は元々こういうのが苦手で、おまけに引っ越しばかりしていたので、深く複雑な人間関係を、持続させるという訓練ができていなかったのかもしれない。

いつもの私だったら、「面倒くさいのはゴメンだよ～」なんてサッサと逃げてしまうのだけ

運痴すぎてスポーツのきっかけがつかめなかったのでウレシイのですが…♡
いくよーエンドーさん
はい
がんばれかあちゃん
パコ
新しい世界もひらけて長年の肩こりも治ったハッピーな私です。

ど、なんたって母は強い！　なんの因果か、そういうママたちのまとめ役である、役員まで引き受けて、よりよい人間関係の勉強中。

　でもね、私なんかひとりだからこれだけだけど、三人いる人は、三人分のおつき合いをこなしているのだ。

　まだまだ甘いゾ。ああ、周りのお母さんたちが、皆偉く見えるこのごろなのである。

前にいたナゴヤの部署、なくなったそうだ…
リストラ騒ぎから半年。ダンナ様は今も同じ会社で元気にガンバっている
えー!?

46

いちばん近くにいる大事な人だから、「ありがとう」を忘れずに……

子どもが少し大きくなってホッとしたころ、気づくと新婚の甘さは消えて、日々の生活に追われている二人の姿があった。

子育てに必死になっている数年の間に、夫との会話も減り、子どもの手垢《あか》と落書きにまみれた部屋には、産後太りの戻らない自分。

そんな現実に愕然《がくぜん》とする。これが結婚生活ってモン!?

ママ友だちと会って話すと、時々そんな本音を聞くことがある。みんなで「うん、わかる、わかる」。

だって主婦って、お給料もなんの評価もない。だからせめて、夫には

認めて欲しい。感謝されたいって思うのよね。……でも夫の方だってそうかも。

いつのまにか、重〜い責任（妻子や親や家のローンや……）背負って。きつい仕事で疲れて帰っても、妻は子どもに夢中で会話もない。

体力だってなくなるし、気づけば髪の毛まで淋しくなって……トホホ、なんて。

ここのところ、「癒し」なんて言葉が流行《はや》っている。癒されたい人が多いから、優しくして欲しい人が多いからなのかな……？　みんなそれぞれがんばってるよね。

それはなぜかっていうと、夫を、妻を、子どもを愛しているから、一所懸命《いっしょけんめい》やっているから。だから認めてほしい。優しい言葉をかけて欲しいんですよ。

でもね、お互いに求めるばかりじゃ、不満は募るばかり。そこが難しいよね。

だからこう考えてみる。日本の男性って、最近はだいぶよくなってきたけど、女性に比べて表現力がいまいち。

だって、男が泣いたり笑ったり、感情表現をハデにすることを恥ずかしいと思う考え方が、日本ではまだまだある。

つまり練習ができていないのよ。表現力や感受性では女性の方が上手なんだから、ここはひとつ、私たち妻がまず、夫をほめまくろう。

心をこめて、感謝の笑顔で「いつもありがとう」。愛はなんといっても表現ヨ。いわなきゃわからない。

子どもだって、植物だって、マメにほめて育てれば伸びていくっていうじゃない。大人だって、夫婦だってそうなんだよね。

結婚生活って、愛情表現の積み重ね。これからまだ

先は長いんだもの。

ステキに二人の愛を育てていこうではないか。愛を育てながら共に人生を歩む、それが結婚生活の素晴らしさなんだよネ。

さあ、今日もニコニコ笑顔で、ダンナ様をお迎えしましょ。

47

いつでも、明るい方を向いて、歩いていようよ

11話で紹介した、名古屋にいる友人の桂子ちゃんから、電話をもらった。

彼女のご主人は交通事故に遭《あ》い、今も植物状態でベッドの上にいる。そんな中にいても、彼女はいつも素晴らしく明るくて前向きで、ステキな女性である。

「エミちゃんが、名古屋にいたころと変わったことといえば、ちょっと太ったことかしら。ますます人間丸くなっちゃって。でもね、最近キレイになったって評判なのヨ」

と、桂子ちゃんはケタケタ笑っていた。相変わらずだなぁ♪

そんな彼女が、最近感じたことを話してくれた。

「今まではね、この人生は、神様が私に与えてくれた人生みたいに考えてたの。その人の人生で、できない問題は与えられないっていうから、私ならできるから、結婚後四年で夫が植物状態になってその看病を続けていく、という難しい問題を与えられたのだと。でも、最近もっと違うことに気づいたの。この人生は、私が自分で選んで生まれてきたんだって。ねぇ、自分で決めたことなんだから、しょうがないじゃない？　もう、やるっきゃないっていうか、ネ」

やっぱり桂子ちゃんはすごいな。

電話の後、私は思った。桂子ちゃんが解いている問題が司法試験級なら、さしずめ私の今の問題など、小学一年生算数ドリル上、下巻の下、あたりかしらん……ナンテ。あ、悩むのがばかばかしくなってきた。人生なんて、百人いれば百通りの生き方があり、悩みや問題がある。例えば、他人から見ればとるに足らない問題でも、その人には難問だったりする。生きていくって、それなりにみんな一所懸命《いっしょけんめい》だ。そしてそれは、みんな自分で選んできた人生なんだ。桂子ちゃんのいうように、私の人生も私が選んだものだもの、自分が決めたことだから、人のせいにしたり、後悔はつまらない。

明るく楽しくいきましょう。悩みや問題、暗い方ばかりを見つめるのはやめて、明るい方を向いて歩けば、今与えられているたくさんの幸せに、気がつくんだネ。

※この単行本出版の話がまとまった後の、二〇〇七年六月、桂子ちゃんの御主人は静かに息を引きとられた。事故から二十一年目。一歳と三歳だったお子さんたちは、頼もしく立派に成長され、葬儀の時もずっと、彼女の両脇に優しく寄り添い支えていた。本当に多くの方が葬儀に参列し、彼女の二十一年間の努力と献身を、皆がねぎらい優しく声をかけ続けていたという。

「この二十一年を振り返って、人生においてなんにも、ひとつも、無駄なことなんかないんだ、すべて意味があって大事なことなんだって、心から思えるのよ」

苦しかった日々を乗り越え、ひとつの修業を終えた彼女の言葉は胸に響く。そうなんだね。なんでも皆、無駄じゃないんだよね。

　これからの、彼女のますますの幸せを、心から願うのでした。

当たり前にフツーに平凡に毎日が過ぎてゆく。でもそれってホントに幸せなことなんだよね♥
アーモンドチョコ…？
ぷっ
ちょっと！何笑ってんの。

48

「とうちゃんのいうことは、ゼッタイなのら！」のクリスマス

クリスマスの少し前、マヨはとうちゃんにしかられた
マヨはクリスマスプレゼントのおもちゃはなし!!

ダンナ様は、わが家の中心である。もちろん家族は皆で支え合うものだが、その中心に彼がいることが、自然で心地よいと思うのだ。

クリスマスの少し前、マヨの誕生日のことだ。彼女は、前から欲しがっていたポケットゲームを買ってもらった。

しかしその帰り道、うっかりそのゲームをなくしてしまったのだ。

「物（おもちゃ）を大切にしなさい」といつもいっていたダンナ様、今度ばかりは怒った。

「今年のクリスマスのおもちゃはなし！　とうちゃんがサンタさんに

断っておく。わかったな！」
それからが大変だった。一歩外に出れば街はクリスマス一色。あちこちで流れるジングルベル。幼稚園でも近所でも、話題はクリスマス。そして、皆が口をそろえていうのだ。

「いい子の所には、サンタさんがプレゼントを持ってきてくれるよ」
……やばい。しかしダンナ様が一度いいきったことを、くつがえすのもどうか……。イブの日、マヨの落ち込みようはハンパではなかった。もう十分反省しているようだし、何より、純粋な彼女が、「マヨはいい子じゃないので、サンタさんがきてくれなかった」という

思い出を、クリスマスに残してしまうことは、もっとマズイ。

その日の夜更け。私は祈った。

「優しいサンタさんが、いい子のマヨの元へきてくれますように」と。

クリスマスの朝、マヨの枕元には黄色い封筒が置いてあった。封筒に入っていたカードには、ちょいクセのあるひらがなでこんなことが書いてあった。

「いいこのマヨちゃん、このとしょけんですきなほんをかってくださいね。サンタより」

マヨは枕元の封筒をあけて、狂喜乱舞しながら私の所へ走ってきた。

「かあちゃん、サンタさんきてくれたよ! いいこのマヨちゃんって書いてあるよ」

彼女は本当に嬉しかったらしい。会う人ごとに、そのカードと図書券を見せびらかした。
「サンタさんは、外国人だから字が下手なんだよね」
なんて説明までつけて。(笑)
カードを見せられた人は皆、

「マヨちゃん、よかったねぇ」
などといいながら、少し不思議そうに笑っていたっけ……。
そしてマヨ、今度のプレゼントは、大事に大事に、引き出しにしまったとサ。

49

子どもすくすく元気。かあちゃんそれが一番幸せ

マヨの通園スタイル
おねえさんみたいでしょ！
まよ
年少からはいているので超ミニになった
ずり落ちてルーズになった白ハイソックス
最近のマヨは言うことなすこといっちょまえである

マヨは、幼稚園のクラスでは一番のおチビさんだ。誰に似たのかな？

でも、彼女は結構一番前が気に入っている。だって、前へならえの時、ひとりだけ腰に手をあてて〝えっへん〟のポーズがとれる。先生の近くだから顔もよく見えるし、お話もよく聞こえる。並んだ時、お父さんやお母さんもよく見える。なるほどね。

彼女がある日私にいった。

「かあちゃん、マヨ明日からひとりで歩いて幼稚園に行く」

「ええっ？」

5才児ともなると
みんなオシャレさんなのダ
パーマ
ピアス
モヒカン
茶パツ
ねえ
マヨ、
この頃
なんで
スモックを
着ないのー？
みんなも
着てないねー
そのまま
持って帰ってきた

マヨの通う幼稚園までは、大人の足で十二、三分。歩けない距離ではないが、この辺から歩いている子はいない。

家から幼稚園までの道は、交通量の多い環状八号線の抜け道になっている。車が多いし歩道もない。

ここへ越してきた時は、よもやこの道をひとりで歩いて通うなど考えもしなかった。

寄り道ばかりして、まっすぐ歩くことが不可能なヤツだったしなぁ……。

ああ、この前までオムツしてたのに。駅まで歩かせるとグズって「だっこ〜」なんていってたのに。

いつでも私がいなければダメだったのに。もうだいじょうぶなんだ。

明日から、幼稚園まで送って行かなくてもいいという嬉しさの反面、ちょっぴり淋しかった。

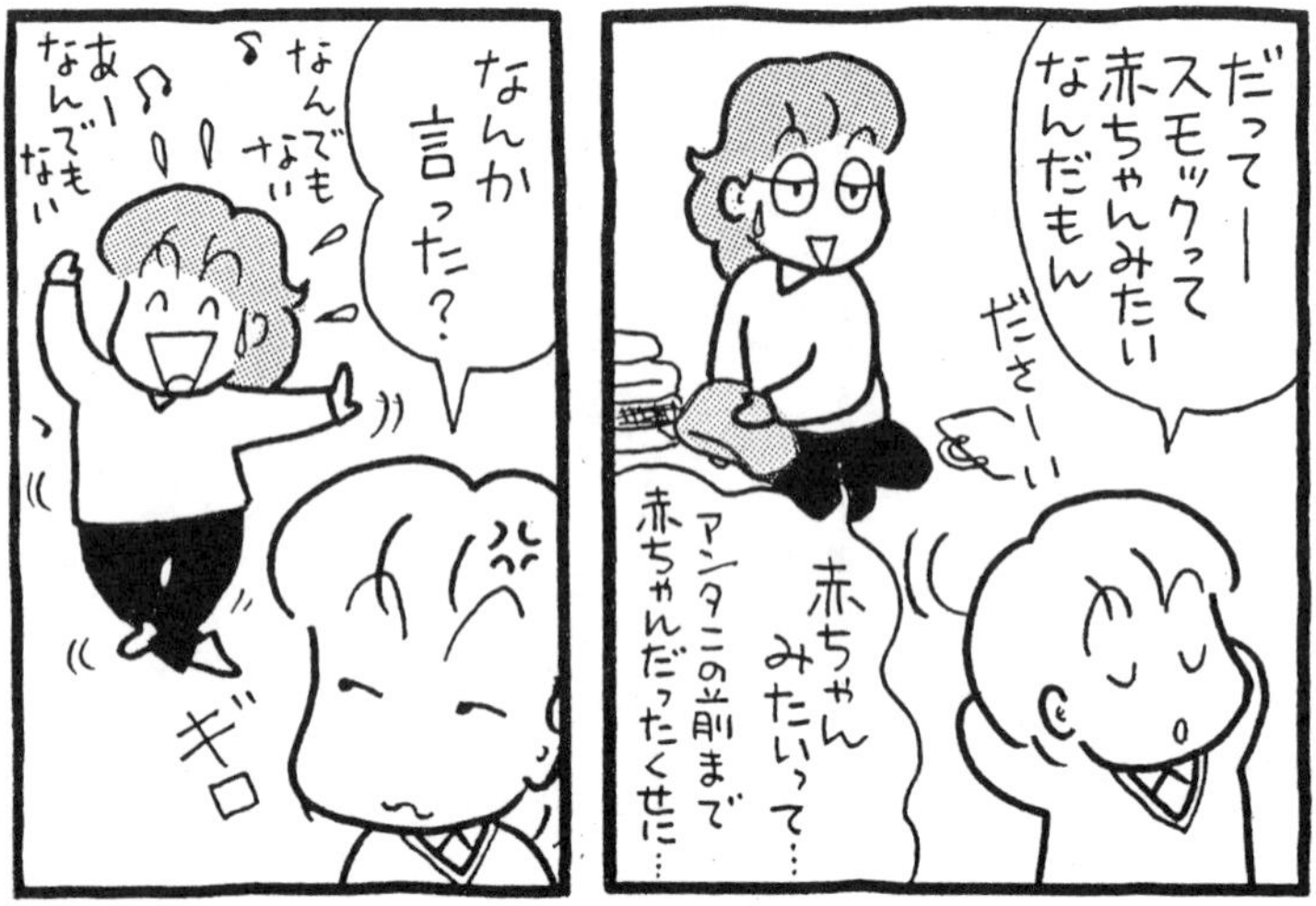

「小学校へ行ったらお友だちの方がよくなって、買物にもついてこないのよ」

お友だちのママがいった。始終子どもにベタベタ求められ、母と子がいつも一緒にいる時期は、一生のうちではほんの一時だ。

「女性にとって、一番幸せな時なのよ」と年配の方にいわれたことがある。その最中は、皆大変で夢中で、忘れてしまうこともあるけれど。

育児にイライラしそうな時、孤独になりそうな時、腕の中にある、その幸せに気づいて、感謝できるといいね。自分が今、本当に幸せな時を与えられているのだと。

その後、マヨはお友だちと三人で元気に通っている。時々寄り道している所をこっそり見ていると、サザンカの樹の下で花見をしていたり、枯葉やダンゴ虫

で遊んだり、隠して持ってきたお菓子を食べたり、実に楽しげ。でも車には気をつけてよね。
それにしても……ベタベタと求められる幸せに、まだまだ長く浸っていたいんだわァ、と思うかあちゃんなのである。

50

母って妻って忙しい。だからこそ、いつも心にゆとりをもっていよう

ただいま
おかえり
心のリスクマネジメントが注目される現代.ウチのダンナ様も毎日上手にストレス解消している

結婚して子どもをもってみて、家庭の主婦がこんなに忙しいものと、はじめて気づいた（お母さんごめんなさい）。

頭の半分で、間断なく子どものために注意を払い続けながら、家中の細々《こまごま》した家事をこなし、夫の健康管理から精神ケア、近所や親戚づきあい、時間をみつけて内職したり……。

会社でいえば総務経理、営業、受付、商品管理に企画制作云々とマルチな才能と実力が必要とされる。

すべて自己管理というのがまたエライ。それを昔からずっと当たり前

にやってきた世のご婦人方を、私は、心から尊敬しています！

ウチは三人家族だから、大家族の主婦に比べたら、家事は楽なハズだ。

それでもイマイチ要領の悪い私は、ちょっとのことで、すぐに頭がパンクして「目のまわるような忙しさ」になってしまう。

目がまわっても、やるべきことはやらねばならないのだが、こういう状態が続くとつい、せかせか、イライラ……。

よくいうけれど、「忙しい」という字は「心を亡くす」と

書く。必死でがんばるうちに、自分が自分が……という気持ちになって、周りが見えなくなっちゃうんだなぁ。

だけどネ、わかっちゃいるけど、忙しい時はどうしてもイライラしたり、焦って失敗したり。そんな自分に自己嫌悪……。

そんな私を見かねてか、ダンナ様がいった。

「一日三十分、心静かに、瞑想《めいそう》する時間を持ちなさい」

な〜にいってんのよ。男の人はいっつも自分のペースでいいよね。そんな時間があったら仕事するか寝るかするわよ、と一瞬思ったが……、ん〜、そうだよねぇ。そういうゆとり、必要かもね。

瞑想、というと何やら難しそうだが、心静かに、思い浮かべるだけでもいい。

自分が自分の力だけじゃなくて、いろいろな人に支えられていること、数えきれないものを与えられて、生かされていること。

す〜
しあわせそう
こういうことが
彼にとって
とても大事
なのだ、きっと…
かあちゃん
あれは
何泳ぎ?
う〜む…

そして、自分にとって真実《ほんとう》の幸せとは何か……。感謝して幸せな気持ちに包まれた時、イライラも吹っ飛んで、いいアイデアも浮かぶ。
子どもを抱きしめたくなる。ダンナ様にチュ〜したくなる。ナンテ……。

一家の主婦は太陽なんだ！　いつもさわやか、幸せ気分で、忙しさも楽しみながら、暮らしていきたいネ。

51

あなたも私もつながっている！　縁とは不思議なものですね

今日も楽しくいってらっしゃ〜い！♡

　ダンナ様の会社の社宅制度が変わったため、急きょ、私たちはマンションを買うことにした。
「買うことにした」などと、書いてしまうと簡単だが、スーパーで九十八円の特売タマゴを買うのとはわけが違う……！
　そう、オウチなのよ、地方出身サラリーマンの夢、マイホームなのよぉぉ！　と重大ぶるが、実はそう決めた私たち自身が人ごとのような感じなのである。
　だってうちのダンナ様は転勤族。同じ転勤族である私の親が、住む所を転々とし、定年になってやっと

マイホームを建てて落ち着いた、というのを見ているから、私たちもそういうことはずっと先さ、と信じていたわけだ。だから何の準備も計画もない。いいんでしょうか、まぁいいか……、てな感じである。

あぁ、そういえば私たち、結婚も唐突だった。結婚とか夫婦とか、何のビジョンも描かぬうちにトントン拍子で、いいんでしょうか、まぁいいか、と決まったんだっけ……。

しかし、縁とはそんなもののような気がする。この人と結婚して幸せになれるだろうか？　とか、一所懸命《いっしょけんめい》考えても先のことはわからないのが人生だ。

その人生のターニングポイントには「内なる自分の言葉を聞

くことが大切」という。

様々な情報を集めたり、人のアドバイスを聞くのもよいけれど、実は自分自身のことって、自分が一番わかっていたりする。だから、いつも自分の心と対話をすることが大事なのだ。直観を信じて、「私たちは幸せになるんだぞぉ、はっはっはっ！」くらいの気合いで、明るく生きていきましょう。

そんでもってドタバタと迎えた引っ越しの日——。エレベーターで乗り合わせた男性と、ダンナ様が見つめ合って奇声を上げた。

「アレッ？　なんでここにいるんだ？」

「いや、買ったんだ。ここ」

「俺も」

「ええッ」

「何号室？」

「９０９」

「げげっ、隣りじゃないか！」

恐ろしい縁である。彼、Iさんはダンナ様と同じ大学の同期で同じ会社に就職して、同じく入社早々結婚をした。そのため新入社員の中で「最も貧乏な二人」といわれていたそうで（知らなかった……）、それも笑える。
その後外国へ行っていて、今は勤務先も違うのだが、こんな所でまたつながっているとは……。人生、何が待っているかわからない。

今、こうやってこのエッセイを読んでくださっているあなたと私も、広い宇宙の中で不思議な不思議なご縁があったのですね。嬉しいなぁ♪

なんだかそう考えると、この世で出会うすべてのことが、すごくワクワク感じられませんか？

生きていくって楽しいこと。

明日は、どんなステキな出会いが待っているのかなぁ♪

わが家《や》の愛情《あいじょう》レシピ
—ハッピーママの子育《こそだ》て＆自分育《じぶんそだ》て

発　行 ———— 平成19年9月10日　初版第1刷発行

著　者————えんどう えみこ

発行者————岸　重人
発行所————株式会社 日本教文社
東京都港区赤坂9-6-44　〒107-8674
電　話03（3401）9111（代表）
03（3401）9114（編集）
FAX 03（3401）9118（編集）
03（3401）9139（営業）
頒布所————財団法人 世界聖典普及協会
東京都港区赤坂9-6-33　〒107-8691
電　話03（3403）1501（代表）
振替　00110-7-120549

装画・本文画　著者
印刷・製本　株式会社 サンヨー
JASRAC　出0710544—701

ISBN978-4-531-06408-3　Printed in Japan
◇日本教文社のホームページ　http://www.kyobunsha.co.jp/